最強付与術師の成長革命

追放元パーティから魔力回収して自由に暮らします。

vol. 2

Tsukino mint

月ノみんと

iilustration

しの

主な登場人物
パッキャロー
ベッカム王国の勇者。
名前の響きが変だと言われる
ことを少し気にしている。
ミネルヴァ
アレンとパーティを組む
付与術師の女性。
魔術師学校を
首席で卒業するほど有能。
アレン
付与術師の少年。
効果が永続する特殊な付与術が
使える。エスタリア王国の勇者。

ムーア
魔王軍の一番槍と称する魔人。
恐ろしい姿で人々を
恐怖に陥れる。
ハルカ
エスタリア王国の勇者係。
真面目で有能な女性。
グレンツ
アルカナ王国の勇者。
プライドが高く、自分こそ
No.1勇者だと自負している。

1　強化訓練

僕――付与術師のアレン・ローウェンには、少し前まで仲間がいた。

『月食の騎士団』という冒険者パーティで、それなりに仲良くやっていたつもりだった。

だけど僕はある日、一人だけ成長が遅いと言われ、そこから追放されてしまった。

仲が良いと思っていたのは僕の一方的な勘違いだったとわかって、とてもショックだったな……

『月食の騎士団』は勇者パーティに選ばれたんだけど、リーダーのナメップが王様に恥をかかせて失墜。次いで勇者になった賢者のマクロも悪行がバレて、二人とも処刑された。

結局僕がエスタリア王国の勇者ということになってしまった。

いろいろあって、そのときの仲間とはもう縁を切って、今では遠い思い出の中だ。

でも今の僕には、同じ付与術師で恋人のミネルヴァがいるから、大丈夫。

最強の付与術師としての能力を活かして、これからもいろんな人を助けていきたい。

エスタリア王国のブレイン王からの依頼を受け、とある村へ行って巨大な落石を除去する手伝いをしてきた僕たちは、無事に依頼を達成して王都へと帰還した。

勇者としての仕事を終えるごとに、お城へ行って報告をすることになっている。

ちなみにだが、マクロと共に処刑された側近のベシュワールの代わりに、今は別の女性が王様の側近兼勇者係をやっている。

ハルカ・ゴーンワードというメガネがよく似合う高学歴&高身長の素敵な女性で、ベシュワールと違ってとても有能だ。

「ハルカさん、今回も依頼を完了してきました」

僕の報告を受けて、ハルカさんが微笑む。

「ありがとうございます、勇者アレンさん。今回もさすがの活躍ですね！」

「それで、次の仕事は……？」

「え……？　少しは休んでもらってもいいんですよ？　アレンさんもミネルヴァさんも、勇者になってからずっと働きっぱなしじゃないですか？」

「大丈夫です。僕は少しでも困っている人を助けたいので」

今こうしている間にも、悩んでいる人、困っている人が大勢いる。

僕はそんな人たちを放っておけないし、なんとか力になりたいと思っていた。

それが勇者としての使命でもあると思っているからだ。

ナメップやマクロという昔の仲間がやらかしたことにより、とてつもない悪印象を国民全体に与えた。

だからこそ、僕が少しでも勇者として活躍して、王様への信頼や国の威信を取り戻したいと思っている。彼らの尻拭いをしたいってわけじゃないけど、それが僕にできるすべてだし、やるべきだと思っていた。

僕だって、昔はいくら努力をしても報われない、そういった辛い経験をしてきた。

だけど今の僕には、【レベル付与】をはじめとする最強の付与術という能力がある。

それを手に入れたからには、昔の僕と同じような思いをしている人のためになりたいのだ。

「さすがはアレンさん。でも、無理だけはしないでくださいね？」

「はい、もちろんです。可能な範囲で頑張ります！」

「それじゃあ、今度は訓練兵の修練を手伝ってほしいという依頼をお願いします」

「訓練兵……ですか？」

そういえば、この街には大きな兵舎があったっけ。

王国に仕える兵士は、皆厳しい訓練を乗り越えて一人前になるという。

だけど、僕がその訓練を手伝えるのか……？

「アレンさんは勇者としての器だけではなく、戦闘面でも非常に高い能力があると聞いています。

それに、アレンさんの人柄もすごく評判なんですよ？」

「はぁ、そうなんですか」

「そこで鬼の教官として有名なヴィラルディーン兵士長からの直々の依頼です。ぜひ訓練兵をアレンさんにしごいてほしいとのことです」

「なるほど……わかりました」

だけど、そんな厳しそうな訓練の手伝いが、僕に務まるんだろうか……？

僕の性格と真逆な気もするけど……なんとか頑張るしかないね。

「よし、じゃあ今回は、ミネルヴァは宿でゆっくりしておいてよ」

僕は隣で話を聞いていたミネルヴァに、そう提案した。

「え？　でも、私の【経験値付与（けいけんちふよ）】があったほうがいいんじゃない？」

「いや、今回は僕一人でなんとかしてみるよ」

ミネルヴァは少し寂（さび）しそうな顔をした。

だけど、僕がこんなことを言い出したのには理由がある。

「最近、勇者としての仕事ばかりで疲れてるでしょ？　たまには羽を休めてよ。僕が帰ったら、一緒に温泉にでもつかろう」

もともと勇者としての仕事をこんなハイスペースでこなすのは、僕のわがままにすぎない。

それに彼女を付き合わせて、かなり振り回してしまったからね。

ミネルヴァが今回の村への遠征で少し疲れが溜ってきていることに、僕は気がついていた。

彼女は僕のためになんでもしてくれる優しい子だから、なかなか言い出さないけど、それを察するのも、僕の役目だよね。

「アレン……ありがとう。本当によく私のことを見てくれているのね、嬉しい。アレンも、無理はしないでね」

「うん、もちろんだよ。ミネルヴァも、いつもありがとうね」

僕たちは話を切り上げて、それぞれ城をあとにしようとした。

その姿を見て、ハルカさんが目を細める。

「うふふ……本当にお二人って、仲睦まじい……理想のカップルですよねぇ」

「そ、そうですか……？　あ、ありがとうございます」

なんだかちょっと恥ずかしいので、しどろもどろになってしまった。

そういえば、ハルカさんはまだ独身なんだっけ。

「私にも、アレンさんのような……いえ、なんでもないです……！　お仕事、頑張ってください！」

「……？　はい、ありがとうございます。いってきます」

こうして、僕は王国兵士団の兵舎へと向かった。

◇

兵舎に着くやいなや、僕は怒鳴り声のような大声で出迎えられた。

「やあ、勇者アレン殿！　今回は我が愚鈍な兵士たちの指導を引き受けてくれて、心から感謝するッ!!」

声の主は鬼教官として有名なヴィラルディーン兵士長だった。

兵士長は髭をたくわえた強面で、体つきも屈強な大男だ。

その迫力ある風貌には圧倒される。

「よ、よろしくお願いします……」

「さっそくだが、うちの馬鹿どもを見てやってくれ」

「は、はい……」

兵士長に連れられて、僕は訓練場へ。

そこではたくさんの若い訓練兵たちが剣を振るっていた。

別の兵と模擬試合をして高める者、素振りをする者、それから筋肉トレーニングに励む者など、様々だ。

「みんな！　注目するんだ！　忙しい中、勇者殿が来てくださったぞ！」

兵士長がそう一言声をかけると……

「「勇者様!!　よろしくお願いいたします!!」」

びっくりするような大声でみんなが一斉に返事をした。

とても統率のとれた集団だ……きっと兵士長に厳しくしつけられているんだろう。

しかし、少しだけ返事の遅れた訓練兵がいたらしく、兵士長から怒号が飛ぶ。

「おい！　そこのお前！　たるんでいるな！　こっちへ来い！」

「は、はい……！」

えぇ……かわいそう……いきなり呼び出されて叱責(しっせき)されている。

どうやら鬼教官という噂(うわさ)は本当らしい。

兵士長はその訓練兵を僕の前に立たせると、その背中を思い切り叩く。

「勇者殿、こいつの腐った性根を叩き直してやってください！　ほらラルド、お前には特別に最初に勇者殿と剣を交える機会を与えてやる！」

「は、はい……！　お願いします、勇者様！」

返事をする間もなく、なぜか僕がその訓練兵の相手をすることになってしまった。

「まあ、お手柔らかにお願いします……」

とは言ったものの、試合はすぐに終了した。

「えい……！」

打ちかかってきた相手の剣を軽く弾き落として、それで終わってしまった。

まあ、ステータスを考えれば、こんなの当然だけど……敗れたラルドという訓練兵が目を輝かせて、熱心に僕に聞いてくる。

「す、すごい……！　さすがは勇者様……手も足も出ませんでしたよ……いったいその強さの秘訣(ひけつ)はどこに……⁉」

秘訣といってもなぁ……僕は正直に答えるしかない。

「僕は付与術師なので……付与術のおかげですかね」

それを聞いていた兵士長がなぜか大笑いして、驚きの発言をした。

「がっはっは！　勇者殿は冗談がお上手だ！　いいんですよ、謙遜しなくても！」

「いえ……本当なんですけど……」

「そんな、付与術なんて、存在するわけないじゃないですか！」

「え………？」

一瞬、僕は兵士長が何を言っているのかわからなかった。

もしかして……魔術否定派の人なのか……？

デビルズ教という宗教では、基本的に魔術や付与術といった類(たぐい)のものは敬遠されている。

中にはステータスの存在すら認めない過激派もいるらしいけど。

兵士長はその手の人なのか？

「いやだなぁ、勇者殿！　剣の腕は修練あるのみ！　他に強くなる方法はないのです！　それがわかったらお前たち、もっと修業に励め‼」

「「はい……‼」」

あ……だめだ、この人たち……完全に洗脳されている……

というかこの教官、ただの脳筋（のうきん）のアホだ……


一通り訓練兵たちと試合をして、少し休憩していると、僕と最初に手合せをしたラルドが話しかけてきた。

「あの……勇者様。僕、いくら訓練をしても強くならないんです……それが辛くて辛くて……」

そう言われて、僕は昔の自分を思い出した。

いくら努力してもまったく成長せずに、みんなから認めてもらえなかったあの日々を。

彼の心情を思うと、僕はいてもたってもいられなくなった。

「だったら、ちょっとだけその剣を貸してみてくれる？」

「え……？　はい……」

「【レベル付与】！」

僕はラルドの持つ剣に【無生物付与（むせいぶつふよ）】によって【レベル付与】をした。

これによって、彼の剣にレベルという概念が追加され、経験値を蓄積させればレベルアップし、性能も上がるようになる。

名前　訓練用の剣
レベル　1
攻撃力　40

「これでしばらく模擬戦とか素振りをしてみてよ。きっと強くなれるはず……！」

剣を返すと、ラルドは半信半疑といった様子で返事をした。

「わ、わかりました……！」

もちろん、このことは兵士長には黙っておこう。

まあ、言っても彼は信じないだろうけど……

今の僕の魔力をもってすれば、ラルドのステータス自体を強化することもできる。

しかし、僕はただ剣だけに【レベル付与】をした。

一瞬で彼を強くするのは簡単だが、それは今まで彼がしてきた努力に対する侮辱にも思えたのだ。

だけど、こうして剣に【レベル付与】をするだけなら、彼が努力を続けない限り剣のレベルは上がらず、何も変わらない。

彼がこれからも剣を振り続ければ、きっと報われるはずだ。

……すると、それから一時間もしないうちに、ラルドの嬉しそうな声が聞こえてきた。

「勇者様！　勇者様に言われた通り、この剣で模擬戦をしていたら……なんと模擬戦で初めて勝つことができました！」

「ええ……⁉　早くない……⁉」

まだそれほど時間はたっていないと思うんだけど……

だけど、彼の剣を見てみると……確かにこの短時間でレベルが上がっていた。

名前　訓練用の剣
レベル　10
攻撃力　400

「すごい……！　もうレベル10になってる！　なんで……⁉」

レベル１０にまで剣を育てようと思ったら、かなり剣を使い込まなきゃいけないはずだ。

それなのに……どうして……⁉

「ちょ、ちょっと、普段どういうふうに訓練しているのか、見せてくれる？」

「はい！　わかりました！」

僕がそう促すと、ラルドはいつものように剣を振りはじめた。

すると、明らかに彼の訓練方法は他の人と違っていることがわかった。

他の訓練兵たちを見ると、ただの素振りだとばかりに軽く手を抜いていたり、雑談をしたりなどしていて、やる気のあまりない者もいる。

そうでなくても、みんなどこかこのくらいでいいだろうと加減している感じなのだ。

だけどラルドは常に全力で、剣の一振り一振りに、魂が宿っていた。

それこそ、仮に努力の天才がいるとしたら、こういう人物なのだろう。

そう、彼は決して間違った訓練をしていたわけじゃない。

むしろ誰よりも熱心に、型をきちんとこなして、自分を鍛えている。

ただ、ステータスの伸びに方には生まれ持った資質がある。

僕がいくら頑張っても、魔力以外のステータスが自然に伸びなかったように。

残念ながら、彼のステータスの成長値は本当に微々たるものでしかない。

だから兵士長から落ちこぼれと言われて、本人も悩んでいたんだろう。

だけど僕がレベルというものを付与した剣を与えると、どうだ――

彼はもともとすさまじい努力をしていた。

そして【レベル付与】は……経験値は、努力を決して裏切らない。

レベルは単に努力した分だけ上がるし、経験値は経験した分だけ増える。

そう、ラルドは経験値を得るという点に関しては、間違いなく天才だった。

僕は思わず感嘆の声を漏らしていた。

「すごい……！　君は本当は、努力の達人なんだ……！」

「そ、そんな……！　勇者様、買いかぶりすぎですよ。僕はただ、みんなより成長が遅いから必死にやるしかなくて……」

その言葉を聞いて、僕はまた昔の自分を思い出した。

僕もそうだった。僕も成長が遅い分、みんなに追いつこうと必死で努力をしたつもりだった。

だけどその努力は、最初は報われなかった。自分の才能に気づかなかったのだ。

しかもラルドは、模擬戦においても抜群の観察力で、経験値をすぐに積むことができたらしい。

だからこの短時間で、剣が一瞬でレベルアップした。

剣がレベルアップして攻撃力が４００にもなれば、相手のステータスがいかに高かろうと、勝てるようになる。

だって使っている剣そのものが、文字通り、モノが違うのだから。

「勇者様のおかげですよ！　本当にありがとうございます！」

「いや……僕は何もしていないよ。僕は剣に【レベル付与】をしただけ。それを努力でレベルアップさせて試合に勝ったのは、間違いなく君の才能だ！」

「本当に嬉しいです！」

そう。【レベル付与】は、努力さえすればみんなが報われる世界を作ることができる、魔法の付与術だ。

世の中は才能がすべて。

ステータスの上がり幅は、生まれ持った才能で決まる――それがこの世界の常識だ。

だけど、こうやって僕が物に【レベル付与】をしていくことで、彼のような隠れて努力できる才能が芽吹(めぶ)くかもしれない――！

それは、僕にとっても嬉しいことだった。

努力をすれば報われる。それはとても素敵な世界じゃないか。

まるで昔の僕を救済するかのような気分にもなる。

よし、僕はこれからもいろんな物に付与をしていこう。

そして、いろんな人の努力がちゃんと反映されるような仕組みを作っていけたら……とても嬉しいことだ。

それは勇者としての仕事とも合致している。

これこそが、神様から僕に与えられた使命のような気もした。

僕だけに与えられた、【レベル付与】と【無生物付与】という力。

それを使えば、そんな理想の世界を実現できれるかもしれない。

僕だけじゃなく、みんなの努力がちゃんと報われるような世界を――


落ちこぼれ訓練兵が成果をあげたことで、兵士長はとても喜んだ。

その理由が僕の付与だとも知らずに……いや、正しくは僕の付与だけじゃない。訓練兵が頑張ったからだね。

「勇者殿！　さすがは勇者殿ですな！　おかげであの落ちこぼれがいっぱしの剣士になりました」

「いえ、僕は何も。彼が頑張ったからですよ」

だけど、このままだと不公平だ。

他の者たちだって、日夜訓練をしているんだから。

僕はさっそく、兵舎にあった剣すべてに【レベル付与】を施した。

【レベル付与】をほどこすだけなら、剣の元のステータスが低いこともあって、それほど魔力は消費しなかった。

これですべての者が訓練しただけ、剣を鍛えることができるようになったというわけだ。

「勇者殿、さっきからそれは、何をされているのです？」

兵士長がそう聞いてくるけど、どうせ付与術を信じない人に何を言っても無駄だ。

「あー、まあ、これは【レベル付与】といってですね……」

僕は半ばあきれながら答えるが、例によって兵士長はそれを笑い飛ばす。

「はっはっは！【レベル付与】？　そんな、ただでさえ付与術なんてオカルトだ。それなのに、剣に付与をほどこすなど、勇者殿はおかしなことを言いますなぁ！」

「はぁ……」

まあ、とりあえずこの時代遅れの兵士長は放っておこう。

でも、もしかしてこの兵士長のガンコ頭のせいで、みんなろくに成長しないんじゃ……？

本来であればもっと効率的な練習方法があるかもしれないのに、彼のやり方は一方的で、スパルタが過ぎるものばかりだ。

まあ、訓練兵たちには説明しておくか。

「……ということで、僕が皆さんの剣に付与しておきました。これからは剣の使い方によって皆さんの剣の強さが変わっていきます」

「勇者様……！　つまり、肉体を鍛えるだけでなく、剣も鍛えろということですね!?」

「うん。まあ、そうだね」

みんなを集めて説明をすると、おおむね受け入れてもらえたらしく、肯定的な返事が戻ってきた。

普通に訓練をしていると、どうしても肉体的なステータスの成長度合いによって強さが決まってしまう。

そこに必要なのは努力よりも生まれ持った才能、という世界だ。

だけどその仕組みじゃあ、落ちこぼれだったラルドのような才能が埋もれてしまう。

ひたむきに、努力を人一倍続けられるのも、また立派な才能なのだ。

評価の軸が限られているせいで、正しく才能を評価されないのは馬鹿げているからね。

「じゃあ、みんな剣の経験値上げ、頑張って！」

「「はい！　勇者様！　ありがとうございます！」」

◇

それから数日して、兵舎では驚くべきことが起こっていた。

「くそ……なんで俺たちがあいつらに……!?」

「生身での格闘では負けねえのに、剣だと……くっ……」

なんと、これまで生まれつきのステータスの高さに甘えていた訓練兵たちが、どんどん落ちぶれていったのだった。

彼らは恵まれたステータスに頼ってばかりで、ろくに剣を振る努力をしてこなかった。

そんな態度で剣に経験値を溜められるはずがない。

まあもちろん、生まれつきステータスが高くても、真面目（まじめ）に剣を振り続けた人だっているけど。

「勇者様のおかげで、模擬戦のトーナメントで優勝できました！」

「本当……!?　それはよかったね！」

なんとあの例の落ちこぼれ訓練兵のラルドは、剣のレベルを５０にまで上げていた。

嬉しそうに優勝を報告する彼の言葉を聞きながら、改めて思う。

やはり彼の剣に対する理解度と、その訓練の密度はすさまじい。

それだけ愚直（ぐちょく）に努力を続けてきた結果だろう。

自分の才能ではステータスがろくに上がらなかったのにもかかわらず、だ。

彼にはそれだけの、あきらめずに努力する才能があった。そんな彼がこうして報われて、僕は本当によかったと思う。

するとそこに兵士長がやってきて――

「がっはっは！　さすがは勇者殿のご指導ですな、無能だったこいつも成長しました」

「いえ……僕は何も、それに……彼は決して無能ではないですよ？」

「なんですと？　それは、私の目が曇っているという意味ですかな？」

「はい、そうです。あなたは他人の話を聞かないから」

僕は兵士長をたきつけるように言った。

彼はその言葉にカチンときたようで――

「いいでしょう。おい！　そこの無能落ちこぼれ訓練兵！　剣を構えろ」

「ひぇ……!?　ぼ、僕ですか!?　ゆ、勇者様……困りますよ……！」

兵士長はいきなりラルドに模擬戦を申し込んだ。

ラルドは僕に困った顔を向けてくる。

だけど、何も心配いらない。付与術を無視して時代遅れのスパルタ教育を押し付ける教官と今の彼、どちらが勝つかは明白だ。

「大丈夫だよ、自分を信じて」

さっそく、両者が剣を手に向き合う。

「ふっ勇者殿に鍛えられたお前の剣、見せてみろ！　しょせんは落ちこぼれ、いくら勇者殿の指導があったとしても、付け焼刃の剣で私は倒せんぞ！　その調子に乗った鼻っ柱を折ってやる！」

「うう……僕は何も言ってないのに……」

相変わらずラルドは僕のことを不安そうに見てくる。対する兵士長は、自分のやり方を否定された気になって、怒り心頭といった様子だ。

そして、二人の模擬戦が始まった。

と、同時に――

「ぎやあああああああああああああ!?」

ラルドの一振りで、兵士長が剣ごと後ろに吹っ飛んだ。

彼はそのまま派手な音を立てて訓練場の壁にぶつかり、崩れ落ちた。

審判が高らかに宣言する。

「く、訓練兵ラルドの勝利ぃいいいい！」

とにかく、試合はラルドの圧勝で終わった。

「ぐぬぬ……こんな馬鹿なこと……なぜ私が訓練兵などに負けるのだ……」

「わわ……ほ、本当に勝っちゃった……ゆ、勇者様……！　ありがとうございます！」

壁にもたれてうなだれる兵士長と、剣をかかげて喜ぶラルド。

それを見て、他の訓練兵たちがひそひそとささやき合う。

「えぇ……あの教官、偉そうな口叩いてたくせに弱ぁ……」

「なんかおかしいと思ってたんだよな、あの人。だって、付与術を知らないとか言うんだぜ？」

「俺、もうあの人の言うこと聞くのやーめよ」

鼻っ柱を折られたのは、兵士長のほうだった。

これを機に、兵士長の横柄な態度や無意味なスパルタ教育は、鳴りを潜めた。

これでみんな委縮することなくのびのび訓練ができるようになって、成果も前より上がるようになるはずだ。

そして、一部の訓練兵たちは皆、ラルドに指導を仰ぐようになった。

ラルドの訓練のやり方やその姿勢は、まさにみんなの手本だった。

実質、教官が入れ替わったようなものだ。

実際にラルドの指導を受けた者たちは、みんな順調に剣をレベルアップさせている。

最初はラルドに否定的だったメンバーも、次第に彼にアドバイスを求めるようになっていった。

こうして訓練兵たちはみんな、自ら進んで剣の練習に励むようになった。

やはり、やればやった分だけレベルアップという形で成果が得られるのは、モチベーションにもつながるようだ。

ちなみに、【レベル付与】を訓練兵たちに直接しなかったのには理由がある。

人間にする【レベル付与】は、【無生物付与】よりも与える影響が大きすぎるからだ。

いろいろ考えた結果、僕は本当に信用できる人以外には【レベル付与】をしないことに決めていた。

【レベル付与】でステータスがいくらでも上がるようになれば、その力を何に利用されるかわからない。

たとえばそれが、危険なスキルの会得につながるかもしれない。

何より、良くも悪くもその人の人生に与える影響が大きすぎる。

【無生物付与】なら、あくまで武器や道具が強くなるだけだ。

それなら、僕以外の人間にもなんとかできる範囲だ。

剣であれば、装備を外す類の魔法を使えば無力化できるだろう。

だけど、本人に【レベル付与】をした場合だと、それが悪人だった場合に、僕以外には手が付けられなくなってしまう恐れがある。

ちなみに、【レベル付与】をした練習用の剣は、レベルアップでどんどん耐久力も攻撃力も育っていくので、この先何十年と使えるだろう。

まさに自分と共に育っていく、自分だけの愛剣というわけだ。

◇

訓練が開始してから一週間ほどが経過した。

【レベル付与】のおかげで、みんな自分の努力が可視化されて、訓練兵たちのやる気は過去最高に高まっていた。

そのせいで、練習に励みすぎて身体を壊す者まで出てきた。

「みんな、あまり無理をしないで……」

「ありがとうございます、勇者様。ですが大丈夫です！　あの鬼教官にしごかれるのに比べれば、剣のレベル上げは楽しいですから！」

僕が止めても、みんなレベル上げに夢中で訓練をやりすぎてしまう。

いくら剣が強くなっても、そのせいで自分の身体を壊したら本末転倒というやつだ。

何かいい方法がないかと考えた僕は、ある珍妙な策を思いついた。

さっそく、僕は兵舎に併設されている医務室を訪れた。

「えーっと、この部屋を使わせてもらっていいですか？」

ナースさんが僕を迎え入れてくれる。

「勇者様⁉　も、もちろんです！」

医務室の場所を教えてくれた訓練兵が言っていた通り、ずいぶん可愛い人だ。人気があるのも頷ける。

彼女は僕が来るとは思っていなかったらしく、困惑している様子だ。

そんな彼女を横目に、僕はベッドの一つに向かって唱える。

「【自動回復付与（強）】――!!」

【自動回復付与】――これは通常は人間に付与することで、自動的に持続的に回復する効果がある付与術だ。

普通なら時間経過で効果がなくなるが、僕の場合はその心配がないので重宝する。

もちろん念のために、僕自身とミネルヴァには常にこの付与をかけている。だから多少の擦り傷などは一瞬で回復してしまうのだ。

今回、僕はその【自動回復付与】を、救護室のベッドに対して使ってみた。

【無生物付与】のスキルを得たことで、こういった応用もできるだろうと考えたのだ。

ちなみに、先に剣に対してこの【自動回復付与】をしても効果がなかった。

おそらく、剣と回復系の付与能力がかみ合っていないからだろう。

同じように、ベッドに【攻撃力強化】をしても、ベッドの攻撃力が上がったりはしないのだ。

「これでうまくいくといいけど……」

「あの、勇者様、今何をされたのですか？」

可愛らしいナースさんがおどおどしながら聞いてくる。

まあ、突然勇者が来てベッドに何かしたら、驚いちゃうよね。

「ベッドに回復機能を付与したんです。効果があるかはわかりませんけど」

「す……すごいです……！　勇者様はそんなこともできちゃうんですか⁉」

「いや、まあ……まだお試しだけどね」

「憧れちゃいます……私は、全然何もできないから……」

ナースさんは自分によほど自信がないのか、うつむいてしまう。

「そんなことないですよ。訓練兵みんな、ナースさんの丁寧な治療と可愛らしい笑顔に、救われていると思いますよ」

「ほ、本当ですか……⁉」

「うん、僕が保証する」

僕がそう言うと、ナースさんの表情は少し明るくなったが、まだ不安を拭い切れていないらしい。

「でも……訓練兵の皆さんは無口で不愛想で……ちょっと恐いんです……」

「はは……きっとみんな、ナースさんが可愛いから照れているだけですよ」

訓練兵のみんなはいつも男所帯の兵舎に詰めこまれているから、女性に免疫なさそうだしね。

それに、訓練が厳しくて疲れていることもあるだろう。

だけど、みんながナースさんを可愛いと噂しているのは事実だ。

「あ、じゃあ、僕はちょっと訓練兵を連れてきますね」

「はい。勇者様のおかげで自信がつきました！」

数分後。

僕は疲れている様子の訓練兵の一人を呼んで、再び医務室へと戻った。

そして試しに、彼を先ほどのベッドに寝かせてみる。

「じゃあ、ここに寝てくれるかな？」

「ゆ、勇者様……お、俺に何をする気ですか……!?　まさかそっちの趣味が……」

何を勘違いしたのか、僕が連れてきた訓練兵は、そんな意味不明なことを口にした。

「いや……想像しているのとは違うから……」

「わ、わかりました。とりあえず寝てみます……」

そして彼がベッドに寝転ぶやいなや――

ベッドが柔らかい光に包まれた。

「おお……!?　こ、これはあああ……!?」

ヒールなどの回復魔法をかけたときと同じような現象だ。

魔力が薄い緑色に発光している。

「すごい……すごいですよ、勇者様……！　傷がみるみる回復していく……！　疲労も……うわ……すごい。まるで温泉に浸かりながら、凄腕のマッサージ師の施術を受けているみたいだ……」

訓練兵の顔は、まさに夢見心地だった。

そんなに心地いいなら、あとで僕も使ってみようかな。

どうやら単純に人間に【自動回復付与】をかけたときと、ベッドにかけたときとでは、微妙に効果が異なるようだ。

「とにかく、これでいつでも医務室で傷と疲れを癒せるね！」

すっかり元気になった訓練兵が、はつらつと一礼する。

「はい……！　訓練がはかどります！　ありがとうございます！」


こうして三日と経たぬうちに、医務室の自動回復ベッドは訓練兵の間で瞬く間に人気になった。

激しい訓練で体を傷めてもすぐに回復できるので、みんな医務室と訓練場を行ったり来たり。

そのおかげもあって、みんなどんどんレベルアップしていった。

もともとのステータスの成長に恵まれた者なんかは、武器のレベルアップと自身の成長で、かなりの猛者になっていた。

それでも、まだ努力の天才であるラルドよりレベルアップした者はいない。

ちなみに、少し問題もあって……

「おい！　次は俺の番だ！」

「いや！　俺が先だ！」

医務室のベッドは数が限られているので、ちょっとした取り合いになってしまったのだ。

「まあまあ、少し落ち着いて。みんなの部屋のベッドにも付与をしておくから！」

と、僕は仲裁したが……相変わらずみんな自分の部屋のベッドはあまり使おうとはせず、こぞって医務室に行列を作るのだった。

その理由は明白だ。

「皆さん！　押さないでください！」

「お、ナースさん！　今日も可愛いね！」

そう、ナースさんの素敵な笑顔だった。

今までは訓練兵はたまにしか医務室を利用しなかったが、自動回復ベッドができてからは毎日通う。

そのせいで、ナースさんにガチで惚れてしまう者も出てきた。

もともとみんなナースさんのことを気にはしていたから、今度はそれで揉め事になってしまった。

――で、さらに一週間ほどして、最終的に。

「わ、私たち……付き合うことになりました……！」

なんとナースさんのハートを射止めたのは、あのラルドだった。

まあ、ラルドのひたむきな努力の姿勢には、惚れてもおかしくない。

律儀に報告しに来た二人に、僕は笑顔で応える。

「よかったね」

「これもすべて勇者様のおかげです！」

「いや、僕は何も……」

なんだか他人事ながら、とても嬉しい気持ちになった。

僕ももっとミネルヴァとデートしたいな。

兵舎での仕事をこなしながらも、僕は毎日一応ミネルヴァのもとへ帰ってはいた。

だけど――

「ミネルヴァをほったらかしにしすぎだな。そろそろ、何かデートにでも誘ってみるか」

僕もラルドからそんな刺激を受けたのだった。

2　兵士と聖剣

兵舎での仕事がひとまず落ち着いたので、僕は久しぶりにミネルヴァをデートに誘うことにした。

僕も身体が疲れていたし、約束通り一緒に温泉に浸かることにしよう。

「よし、ミネルヴァ。今日は一日休みにしたから、温泉デートといこうか！」

「本当!?　アレンが誘ってくれて嬉しい！　ちゃんと私のこと考えてくれてたんだね」

「当たり前だよ。僕はいつもミネルヴァのことを考えてる」

「……も、もう！　アレン。ま、まあ私もアレンのことばっか考えてるけどね……」

そんなふうに朝からイチャイチャしながら、僕らは手をつないで温泉へ。

ミネルヴァとはすでに何度か手をつないでいるけど、こうやって街中を歩くのははじめてだ。

なんだか少し緊張してしまう。

つないでいる手から緊張が伝わっているのか、お互い少しぎこちない雰囲気(ふんいき)で温泉まで歩いていった。

僕らが向かったのは、街一番の温泉宿だ。

しかし中に入るやいなや、僕が勇者であることに気づいたおかみさんが……

「まあ、勇者様！　ぜひぜひうちの温泉を味わっていってください！　もちろんお代はいただきません！」

と言って、全員でお出迎えされた。

だけど僕としては、今日は休日だし、目立ちたくはなかったんだけどな……

「いえ、プライベートですので。お代はしっかり払いますよ」

僕はちゃんと懐から金貨を出した。

混浴露天風呂を貸し切りにしたけど、それが可能なくらいのお金はちゃんと持っている。

勇者としての仕事で、そこそこのお金はもらっているのだ。

「さすがは勇者様……！　気前がいい。太っ腹ですわ……！」

「いえ……当然ですから……」

なんだか勇者になってから、ちょっとしたことでも大げさに褒められるなぁ。

こういうのがあるから、みんな偉くなったと勘違いしちゃうんだろうね。僕は謙虚に、勘違いしないようにしなきゃ。

求められているのはあくまで役割としての勇者であって、僕が偉くなったわけじゃないからね。

そんな話をミネルヴァにすると、彼女はしみじみと頷いてくれた。

「アレンは謙虚よねぇ。そういうところ、本当に好きよ」

「あ、ありがとう……」

赤の他人に褒められるのは苦手だけど、やっぱりミネルヴァからの言葉は素直に嬉しい。

脱衣所で着替えを済ませた僕は、念願の露天風呂を堪能する。

「ふぅ……生き返るなー」

温泉に浸かると、身体中の疲れがどっと引いていく。

いくらレベルやステータスが上がっても、身体が疲れなくなるというわけではないのだ。

それに、兵舎ではいろいろと心労もすごかった。

改めて、兵舎の仕事にミネルヴァを巻き込まなくてよかったと思ったよ。

兵舎は男所帯だから、ミネルヴァも居心地が悪いだろうしね。

「アレン、お湯の温度はどう？」

「うん、ちょうどいいよ。ミネルヴァも早くおいでよ」

「うん、ほんと、いい感じの温泉ね。景色も綺麗」

僕たちは温泉に浸かって、至福の時間を過ごした。

「あ、そうだ！」

突如としてあることが閃いた。

「アレン、どうしたの？」

僕が思いついたのは、いつものごとく、レベルアップに関することだ。

「ちょっと温泉をレベルアップしてみようよ！」

「え!?　温泉を……!?」

「そう。ただでさえこれだけ気持ちいい温泉だ。レベルアップさせたら……」

「そうね。やってみる価値はあるかも……！」

ということで、僕たちは温泉に付与をかけてみることにした。

「えい！」

名前　ユグドラシル温泉（おんせん）
レベル　1
湯の質　15
効能　滋養強壮（じようきょうそう）　美容　健康

「えーっと、ついでにこれもかけておくか」

僕はベッドに付与したのと同じ、【自動回復付与（強）】も付与しておいた。

これでいい感じに回復効果のあるお湯になったんじゃないかな。

それからミネルヴァに頼んで、彼女の【経験値付与】でレベルを上げて……

「えい！」

名前　ユグドラシル温泉
レベル　10
湯の質　150
効能　滋養強壮＋＋　美容＋＋　健康＋＋　体力回復＋＋

「おお……！　これはすごい！」

「さっそく入ってみましょう！」

温泉に再び浸かると、一瞬でその違いを感じた。

今までは普通にいいお湯だなぁという感じだったけど、これはなんというか……身体全体が宙に浮いているかのように軽い。

それに、全身を柔らかいスライムに包まれて、マッサージされているみたいな気分だ。

「うわぁ……最高……」

「ほんとね……」

僕の疲れ切っていた身体も、これで完全に回復したような気がする。

自動回復ベッドもかなりの効能だったけど、付与をした温泉の効果はまた絶大なものだった。

なんというか、こっちは身体の芯から疲れを取ってくれるような気がする。

そうやって、しばらく二人で夢見心地でお湯を堪能した。


それから僕たちは宿に戻って、朝まで一緒に過ごした。

久々の休日は、ミネルヴァとたくさんイチャイチャして、有意義な時間を過ごせた。

ちなみにその後、ユグドラシル温泉はとんでもない評判になって、すぐに大行列ができていた。

なんでも、勇者が入った湯ということで、ご利益があるとかなんとか噂になっている。

まあ、単に付与とレベルアップのせいなんだけどね……

◇

休みを取れたついでに、僕は前から気になっていた件について、ミネルヴァと検証してみることにした。

それは、ミネルヴァの【経験値付与】に関してだ。

僕の【レベル付与】にはもちろん、僕の能力である永久持続の効果が及ぶ。だから僕が一度かけた【レベル付与】は、意識的に解こうとしない限り、永久にかかったままだ。

だけど、ミネルヴァの【経験値付与】はどうだろう……？

そんな疑問があるのだ。

今のところ、【経験値付与】が時間経過で解けたりはしていないみたいだけど。

ミネルヴァにはもちろん永久持続の付与術はないはずだ。

いったい何がどうなっているのだろうか？

「じゃあミネルヴァ。試しにこの剣に【経験値付与】をしてみて」

「うん、わかった」

名前　木の剣（きのけん）
レベル　1
攻撃力　5
経験値　15／70

試しに、経験値を途中まで上げてみることにする。

レベルはあえて上げないままにしておく。

そしてそのまま、しばらく放置してみると……

「おお……!?　経験値がゼロになった……!?」

なんと、経験値が完全なゼロに戻ってしまった。

そしてその分の魔力がミネルヴァに還元されていた。

「ってことは……やっぱり【経験値付与】は永続的なものじゃないのか……？」

だけど今のところ、一度上がったレベルが急に下がったりはしていない。

試しにもう一度、今度はレベルが上がるまで【経験値付与】をしてみる。

「ミネルヴァ、お願い」
「うん……！」

名前　木の剣
レベル　10
攻撃力　50
経験値　150／1050

試しにレベルを10まで上げ、余剰な経験値をあえて150だけ残しておく。
そして今度もそのまましばらく放置だ。
すると……驚くべき結果が得られた。

名前　木の剣
レベル　10
攻撃力　50
経験値　0／1050

「これって……⁉」

そう、余った分の経験値の150だけが、付与が解除されるタイミングで消え去っていたのだ。

レベルアップに使われた分はそのままで、当然レベルも減少しない。

つまり、レベルアップすると経験値からレベルという概念になるということだろうか。その時点で、その経験値は消費されている？

あるいはレベルアップに関しては僕の能力の範囲だから、付与の解除と関係ないのかな。

「とにかく、これで大体の性質がわかったね」

「そうね。私の【経験値付与】だけだと、その場限りの強化にしかならない。だけど、アレンの能力のおかげで、私もその恩恵が得られているというわけね」

仮に僕以外にも【レベル付与】を持つ人間がいたとしても、時間で解除されるならミネルヴァとの相性は微妙だ。

やっぱり僕の付与術の永続性と、【レベル付与】、それからミネルヴァの【経験値付与】の組み合わせは、抜群の相性なんだな。

◇

ミネルヴァと二日間の休暇を楽しんだ。後ろ髪を引かれながらもまた兵舎へと戻ろうとしていたそのとき、僕の脳内にまたあの謎の音楽が響いた。

『ぱららぱっぱっぱ～!!』

「こ、今度はなんなんだ……!?」

『アレンは〝実績〟を解除しました！』

「ま、また実績……!?」

僕はただ休暇を楽しんでいただけで、何もしていないんだけど……!?

『実績「【無生物付与】により、無生物のレベルを合計3000上げる」を解除したことで、新しい能力がアンロックされます』

「ええ……!?　そういう条件もあるのか……！」

ということは、僕が休んでいる間に、訓練兵たちが剣をレベルアップさせ続けていた結果、解除されたのか？

みんな僕のいない間にも、かなり頑張って練習していたんだなぁ。

【レベル付与】をした甲斐があるなぁ。僕も嬉しく思うよ。

「えーっと、それで、新しい能力は……っと」

『能力【名称付与】を会得しました』

「名称……付与……？」

脳内メッセージに告げられた新しいスキルの名前に、僕は困惑する。

名前をつけるだけなら、単に自分で名付ければいいだけだ。

いったいどんな付与術なのだろうか。

「まあ、物は試しだ」

僕はさっそく、王様からもらった勇者の剣を取り出した。

名前　勇者の剣
レベル　１０

攻撃力　1500
経験値　3219／36249

「これに……えい！　【名称付与】――!!」

僕がそう唱えると――

『名称を宣言してください』

と、脳内にメッセージが流れた。

ってことは、何か名前を考えればいいんだよね……？

せっかくならカッコいい名前がいいなぁ。

「じゃあ……『聖剣エクスカリバー』で！」

すると、先ほどまでは勇者の剣として存在していた剣が、その姿を名称にふさわしいものに変えた。

名前　聖剣エクスカリバー
レベル　10
攻撃力　1500（+700魔力）
経験値　3219／36249

「おおお……⁉」

今までは勇者の剣とは名ばかりの、〝普通よりはちょっと豪華な剣〟って感じだったんだけど、名前を与えたとたん、聖剣と呼ぶにふさわしい凄みのある神々しい見た目に変化した。

名は体を表すとは言うけれど……

しかも、それだけじゃない。

なんと性能にも変化があった。

魔力が700も追加効果として乗っている。

これは名前を与えたことで、能力も進化したのかな……？

ふと自分の魔力を見てみると、魔力が1000くらいごっそりと減っていた。

どうやら聖剣という名称を与えるには、そのくらいの魔力を消費するみたいだ。

試しに、【名称付与】をそこら辺の樽にも使ってみる。

今度は樽に『スライム樽』って名付けてみる。

すると樽の中身がスライムになっていた。ごめん……酒場の人……

その場合だと、魔力はわずか5しか減らなかった。

つまり、名称を与える対象物とその名前のランクによって、消費魔力や効果が変わるみたいだ。

「これはなかなか面白い付与術だぞ！」

【無生物付与】と組み合わせて使っていけば、この世に一つだけのユニーク武器がいくらでも作れるじゃないか……！

あ、ちなみに【名称付与】を解除すると、スライム樽は普通の酒樽に戻っていた。


新しく覚えた【名称付与】というスキルを携えて、僕は久しぶりに兵舎に戻ってきた。

僕を出迎えたのは、あの鬼の教官と呼ばれた兵士長ではなく、なんと落ちこぼれ訓練兵だったラルドだった。

「勇者様！　おかえりなさい！」

「あれ？　兵士長は？」

「今は僕が臨時で兵士長です。彼はクビになりました！」

「えぇ……!?」

どうやら僕のいない間に、ハルカさんが視察に来たようだった。

前任のヴィラルディーンは自暴自棄になってその無能さを露呈させ、あえなくクビになったそうだ。

そしてみんなを効率的にレベル上げさせるための練習法を編み出していたラルドが、臨時の兵士長に抜擢されたのだ。

まあ、彼が一番頑張っていたし、剣のレベルも一番高いから、妥当な人選だと思う。

それにラルドの剣の腕も、今やかなりのものだ。

ステータスでは後れを取るが、剣のレベルと剣さばきは間違いなく訓練兵の中でも群を抜いている。

「と、とにかくおめでとう」

「ありがとうございます。これもすべて勇者様のおかげです！　まあ、僕はまだ代わりの人が来るまでの臨時の兵士長ですけど……」

「それでもすごいよ。僕も嬉しく思う」

そういえば、そろそろラルドたちも訓練兵を卒業していい頃合いだろう。

彼らの剣は十分レベルが高くなったし、その剣さばきだって実戦で使っても大丈夫なくらいだ。

そう思っていると、数日後には本部から新しい兵士長が派遣されてきた。

あのヴィラルディーンにも勝るくらいの大男だったが、その物腰は柔らかで、誠実そうな男性だ。

実際、それからの彼の指導はかなり妥当なものだった。

あの鬼教官のような無理なスパルタではなく、基礎からじっくりと教え込むという、まっとうなスタイルだった。

◇

それからまたしばらくして、月末になったころ。

相変わらず僕は兵舎に訓練兵たちの様子を見に来ていた。

「ようし、そろそろ訓練兵を卒業するやつを選ぶ時期だ。今回は何人が卒業できるかな?」

新しい兵士長がそう言って、訓練兵たちを兵舎内の訓練場の中央に集めた。

どうやらこれから試験をするらしい。

これにクリアすれば、晴れて一人前の兵士として戦闘に参加することができる。

「さあ、どこからでもかかってこい!」

兵士長がそう言うと、まず一人が前に出た。

そして彼が剣を構えた次の瞬間――

――ズドーン。

「ぎょわあああああああああ!?」

兵士長が訓練場の後方の壁まで吹っ飛んだ。

確か今兵士長を吹っ飛ばした彼は、剣のレベルを27まで上げていたっけ。

それに、もともと優秀なステータスをしていたから、まあこうなるのも無理はない。

しばらくたって、ようやく兵士長ががれきの中から起き上がる。

「ふ、ふん……やるではないか。今のは最初ということもあって油断していたぞ……」

よかった、兵士長は無事なようだ。

さすがは前線で戦っていただけのことはある。

口だけだった前任の鬼教官とは違って、そこそこ戦えるようだ。

「よし、今のお前は合格だ！　明日から前線で励めよ！」

「はい！　ありがとうございます！」

さっそく一人合格者が出たことで、訓練兵たちの顔つきが変わった。自分も合格したい――いや、合格できると、みんな期待に胸を膨らませている。

だが兵士長のほうも気合を入れ直したようで、負けてはいなかった。

「さあ、次のやつ！」

「お願いします……！」

次に試験に挑んだのは、剣のレベル10の兵士。

彼はもともとのステータスでもあまり秀でているほうではなかったけど……

「お前たちには少し本気で挑まねば失礼なようだな」

「ひぃ……!?」

兵士長が腕まくりして気合を入れ直すと、訓練場を殺気が駆け巡った。

一瞬にして兵士長のペースに持っていかれる。

訓練兵は及び腰でのろのろと近づいていくが、その隙を兵士長は見逃さない。

「そこだぁ……!!」

「うわぁ……!?」

あっという間に一撃を叩き込まれ、レベル10の剣を折られてしまった。

「そんなぁ……! これまで育てた剣なのに……!」

やはり実戦と訓練は違うもので、いくら剣のレベルが高くても、使い手次第では負けてしまうのだ。

それに、兵士長もかなりいい剣を使っているから、レベル10くらいでは負けても仕方がない。

死線をくぐってきただけあって、本気の立ち合いになると、やはり兵士長がかなり有利か。

この試験、いったい何人がクリアできるんだろう……

その後も本気を出した兵士長に、ばったばったと切り崩されていく。

それを見て、訓練兵たちが文句を言い出す。

「くそう……俺が先に行ってればよかった……」

「誰だよ、あんな強いやつを最初に行かせたの……」

「あいつのせいで難易度上がったじゃねえか」

いつの間にか、訓練場に重苦しい空気が漂いはじめていた。

せっかく育てた剣を折られたくないからと、尻込みしている者もいる。

「次は僕がいかせてもらいます……！」

そんな暗い空気の中、名乗りをあげたのはラルドだった。

そういえばラルドは剣のレベルを１００まで上げていたんだっけ。それに今や模擬戦でも負け知らずだ。

もちろんステータスはそれほど伸びていないが、剣の扱いや立ち回りが誰よりもうまい。

そこにレベル１００の剣を持たせれば、まさに鬼に金棒だった。

「ほう、お前は確か代理で臨時兵士長もやっていたラルドか。がっかりさせてくれるなよ!?」

「もちろん……！　参ります……!!」

そしてラルドが剣を抜いた瞬間——

兵士長の身体が宙に浮いていた。

「うぎゃああああああああああああああああ!?」

——ズドーン！！！！

訓練場の壁に兵士長が叩きつけられ、ものすごい音と共にレンガが崩れ落ちた。

あーあ……これはあとで自動回復ベッドで休まなきゃだな……

ラルドは少し申し訳なさそうに頭を抱えていた。

「あー……勇者様。僕、また何かやっちゃいました……？」

「うん……だね……ちょっとやりすぎかも」

兵士長が思ったより強かったからか、ラルドも本気を出してしまったようだ。

僕からもあとで謝っておこう。

しばらくして兵士長は目を覚まし、医務室に運ばれていった。

兵士長が倒れたせいで、その日の試験はそれで終わり。

最初に挑んだ訓練兵とラルドの二人だけが、とりあえずの合格者となった。

試験の続きは後日改めて行われるようだ。

だが、意外なことに、他の訓練兵から文句らしき文句は出なかった。

「いやー、ラルドが兵士長をダウンさせてくれたおかげで助かったよ……」

「あやうく俺たちも剣を折られるところだった……」

「今のうちにもっとレベル上げしとかなきゃだな」

みんなこれをチャンスととらえて、再試験に備えるようだ。

それから少しして、医務室で調子を取り戻した兵士長が戻ってきて、ラルドたちの卒業が言い渡された。

「すみません。兵士長を倒してしまって……」

「はは、まあいいってことだ。新人はそのくらいのほうが頼もしい。これからも励めよ！」

「はい……！」

ラルドはこれで晴れて一人前の兵士となった。

明日からは最前線に送られて、一般の兵士と共に戦いに身を投じることになる。

落ちこぼれ訓練兵と呼ばれていたのが嘘のように、今のラルドは頼もしくなっていた。

僕は改めて、彼に祝福の声を掛ける。

「おめでとう、ラルド。僕も誇らしいよ」

「勇者様、これもすべて勇者様のおかげです！　ありがとうございます！」

「いや、僕はただ【レベル付与】をしただけ。あ……そうだ！　卒業祝いに……ちょっと剣を貸してもらえるかな？」

「え？　はい、もちろんです」

僕はあることを思いついて、ラルドの剣を手に取った。

先日新しく覚えた【名称付与】。

これをこの場で使おうと考えていた。

せっかく訓練兵から卒業するんだから、いつまでも訓練用の剣なんて名前じゃあね……

いくらレベルが上がって剣が強くなっても、格好がつかない。

「じゃあラルド。この剣の名前、何か考えてくれる？」

「えーっと、そうだなぁ……」

僕とラルドで相談して、最終的にこうなった。

名前　征剣（せいけん）グランラルド
レベル　１００
攻撃力　４０００（＋魔力７００）

僕が【名称付与】でそう名付けると――

剣は訓練用の剣から、巨大な大剣へと姿を変えた。

「おお……！　これが僕の剣!?　すごいです、勇者様！」

「かっこいいね！」

「勇者様のおかげで、これからも頑張れます！」

それはまさにラルドのための剣だった。

この世で唯一無二の、彼だけの剣。

【名称付与】によって、この世界にまた新たなユニーク武器が生み落とされた。

「うおおお、すげえぜラルドのやつ。うらやましい」

「俺も早く卒業して、勇者様に剣の名前もらいてえ！」

「これはモチベーション上がるぜ！」

他の兵士たちもそれを見て大興奮の様子だ。

少しでもみんなのやる気につながれば、僕も嬉しい。

これ以降卒業した訓練兵たちは、みんなオリジナルのユニーク武器を持って卒業するという慣習ができた。

そのせいで、王都の兵舎卒業の兵士たちはみんなエリートと呼ばれることになるんだけど、それはまた別のお話――

3　伝説の職人

兵舎での仕事を終え、僕は再び王城に呼び出された。

今度は側近のハルカさんだけじゃなく、王様直々に僕に話があるという。

王様の隣には、王女のイリスさんも一緒に座ってニコニコしている。

「勇者アレンよ。この度の兵舎での活躍、見事であった！」

「ありがとうございます、王様」

「……とまあ、堅苦しいのはここまでにして……どうだね、アレンくん？　うちの娘を嫁に……」

王様は半分冗談のようにイリスさんを僕に差し出そうとしてくる。

王様は隙あらばイリスさんを僕とくっつけようとする……

「いやいや……！　そんな、僕にお姫様と結婚だなんて……！　それに、僕にはもうミネルヴァがいますし……」

「おお……そうだったな。まあ、気が変わったらいつでも言ってくれ。私としてはこの国をアレンくんに譲ってもいいと思っているくらいだ。がっはっは！」

「王様……冗談が過ぎますよ……」

まったく、僕に国を譲るなんて、そんな大それた話……どこまで本気で言ってるのかわからないよ。

困惑しつつも、僕は話題を変える。

「それで、今回はどうして王様が直接……？」

「そうだ！　アレンくんの頑張りに報いるために、褒美を用意させたのだ」

「褒美ですか……!?　で、でも僕は単に勇者としての仕事をやっているだけです」

「いや、君は普通の勇者として求められる以上のことをやっている。あのナメップやマクロと比べると、天と地ほどの差だ。こちらとしても報いないわけにはいかない」

「あ、ありがとうございます……」

それにしても、王様から直々の褒美か……ありがたいけど、恐縮だな。

いったい何がもらえるんだろう。

「アレンくん、君はミネルヴァさんと結婚するのだったな？」

「ええ、その予定です。ちゃんとした式はまだですが……」

「それなら、住むところが必要だろう？」

「ま、まさか……」

「そう。君たちの家を用意した。好きに使ってくれ」

「あ、ありがとうございます……！」

なんと王様からの褒美は新居だった。

ずっとホテル暮らしだったから、正直助かる話ではある。

お金も溜まっていたし、そろそろ家を構えたいと思っていたところだ。

だけど忙しくて、なかなか家を見に行くこともできずにいたからね。


僕はありがたく王都にあるその家を見にいかせてもらった。

だけど、その規模は僕の想像をはるかに超えていた。

「これって……家っていうか、お城なんじゃ……!?」

ハルカさんに連れられて、僕とミネルヴァがやって来たのは、王都の外れにある巨大な城だった。

しかも今までにこんなところにこんな巨大な城なんてあったっけ……？

「これは王様が今回、アレンさんのために新たに造らせたものです」

「新築の城なの……!?」

ハルカさんの説明に、僕は二重で衝撃を受けて、驚きを隠せない。

いったいいくらかかったんだ……

「で、でも……こんな大きなお城。私とアレンだけだと管理とか大変そうだよね……」

「そ、そうだよね……僕とミネルヴァだけじゃ持て余しそう……」

不安を口にする僕たちにすかさず、ハルカさんが言う。

「あ、それなら大丈夫です。専属の使用人が百人ほど……」

「「百人……!?」」

僕とミネルヴァの声が重なった。

「ええ、もちろんです。しかも全員美男美女でそろえたメイドと執事です。もちろん、アレン様がお気に召したら、メイドは全員側室になる覚悟もできている者ばかりです」

などとハルカさんが涼しい顔で続けた。

「そ、そそそそ側室……!?」

「む……アレン……!?」

ミネルヴァがにらむので、慌てて否定する。

「だ、大丈夫だから……! そんなことしないから! 僕はミネルヴァ一筋だからね」

「よかった……! 私も、アレンだけだからね!」

メイドさんに手を出すなんて、考えもしなかった。

正直そんな現実味のないこと言われても、僕には想像も及ばない。

もちろん、最初から他の女性に手を出す気はない。

美男美女ばかりの使用人っていうのは悪い気はしないけど……

「まあ、アレンさんならそう言うと思いましたよ。それにしても、相変わらずのラブラブっぷりですね。お二人は」

「はは……まあ、お互いに運命の相手だと思っていますからね」

その後もハルカさんから、お城について一通りの説明を受けた。

さて、それで用は済んだはずなのに、なぜかハルカさんは帰ろうとせず、ずっと城に居座っていた。

気になった僕は、彼女に確認する。

「あの……ハルカさん。もしかしてとは思うんですけど……」

「はい。お察しの通りです。先ほど申しました使用人百人の中に、私も含まれます」

「ええええええ……マジか……」

なんとハルカさんまでこのお城に残るようだ。

僕としては、知っている人が一人でもいてくれるほうが嬉しくはあるけど……

「でも、ハルカさんは王様の側近じゃないんですか!?　いいんですか？　王城を離れて」

「側近の仕事は代わりの者に任せました。これから私はアレンさんの側近です」

「えぇぇえええ……!?」

「なので、これからはご自宅にいながら、私を通して勇者の仕事の依頼なども簡単にやりとりできます。アレンさんの負担が少しでも減るようにと、王様からのご配慮です」

「そ、それはありがたいですけど……いいのかなぁ……」

それからハルカさんは、さらにとんでもないことを言い出した。

「もちろん、私のことを気に入っていただけたら、いつでも側室にしてくださっても大丈夫ですからね？　ミネルヴァさんの許可は必要でしょうが……私のほうはとっくに覚悟はできています！」

「ぜ、ぜぜぜぜぜ、絶対にしませんから！！！！」

まったく、なんてことを言い出すんだ、この人は！

前からハルカさんは僕を変な目で見ていた気がすることには、触れないでおこう。

ミネルヴァに変な誤解をされなければいいけど。

「あ、そうだ！　お城をもらったからには、試さなきゃいけないことがあるよね」

一段落して、僕はミネルヴァにそう言った。

もちろんミネルヴァも僕の言いたいことをわかってくれたみたいで、すんなり頷く。

「そうよね！　あれだよね？」

「うん」

ハルカさんはなんのことかピンときていないようだ。

「お二人とも、さっきから何を言ってるのですか？」

「まあ見ていてくださいよ。えい！　【レベル付与】……!!」

僕はさっそくお城に【レベル付与】をしてみた。

名前　　　　アレンの城
耐久値　　　50000
城レベル　　1
居住可能区域　2500

「おおおお……ちゃんとできた！」

家にもできるってことは、やっぱりお城にもできるみたいだね。

でも、お城をレベルアップさせたら、いったいどうなってしまうんだろう……

「じゃあミネルヴァ、お願いするね」

「うん、【経験値付与】――!!」

名前　　　　アレンの城
耐久値　　　100000
城レベル　　2
居住可能区域　5000

すると、お城がドーンと一回り大きく成長した。

っていうか、レベルを1上げるだけでこれだけ大きくなるんなら、レベルの上げすぎには注意だな。

さすがに王城よりも僕のお城が大きいなんてことになったら、国の威信にもかかわるだろうし……

まあ、エスタリア王国の王城はこれよりもさらに、とてつもなく大きいから、当分心配はいらなさそうだけど。

幸いなことに、僕の城は王都の外れにある。

周りは小高い丘になっていて、他の民家などもかなり離れた位置にあるから、あと何段階か大きくできそうだ。

それに、城の裏には荒野が広がっているので、もしかしたらその土地も有効活用できるかもしれないね。

さて、急に城が大きくなって驚いているのはハルカさんだ。

「アレンさん……!? い、今何をしたんですか!?」

「ああ、ハルカさんには説明しておきますね。今僕は付与術を使ってお城のレベルを上げて増築したんですよ」

「えぇ……! アレンさんってそんなことまでできるんですね……! すごすぎます……」

だけどお城が大きくなったことで、いろいろと問題も出てきそうなんだよね。

住めるところが増えたのはいいけど、その分掃除なんかも大変だ。

使用人がさらに必要になるかも……

「人手が足りなくなるといけないから、あとで付与解除しておこうかな……」

僕が心配を口にすると、ハルカさんが首を横に振る。

「それなら大丈夫ですよ?」

「え……?」

「今王都では失業者にあふれていますからね。美男美女の一流執事やメイドは難しいかもですが、掃除夫などの下働き程度なら、いくらでも人員を確保できます！」

「そうなんですか？」

ハルカさんはむしろ歓迎とばかりに説明を続ける。

「ええ、働き口が見つかれば、王様も感謝すると思います。私から求人を出しておきますね」

「お願いします」

確かに今の時代、働き口を見つけるのはなかなか大変だ。

そういった人のためになるなら、僕としても嬉しい気持ちだ。

「でも、新しく人を雇うにも、お金が必要なんじゃ……予算は大丈夫なんですか？」

「予算は国から出るので大丈夫ですよ。これも公共の福祉です」

「そうですか。なら、あとはお任せします」

というわけで、新たに五十人ほどの下働きをお城で雇うことになった。

あまりにも大きすぎるお城だから、ちょっとした小さな街くらいになっている。

でもまあ、王様のいるお城はさらに大きいからびっくりなんだけどね……

それからしばらくして、また僕に勇者としての仕事が舞い込んできたのだった。

◇

ハルカさんからの依頼で次に僕がやってきたのは、街の鍛冶工房（かじこうぼう）だ。

普通の勇者が鍛冶屋に行って何をするのかって思うけど……

ハルカさんには能力を知られているから、つまりそういうことなんだろう。

兵舎のときのように、鍛冶工房でも【レベル付与】で活躍してこいということだ。

ちなみに、ミネルヴァとは別行動中だ。

彼女は馬を走らせて、実家に帰っている。

せっかく大きなお城をもらったから、実家にいるお父さんを迎えに行ったのだ。

きっとみんなで住んだほうが楽しいしね。

それからついでに、僕の妹のサヤカも迎えにいってもらう手筈になっている。

「こんにちはー！」

僕は意気揚々と鍛冶工房の扉を開けた。

ところが、そんなご機嫌な僕に向けられた視線は冷ややかなものだった。

工房にいる無骨で不愛想な職人たちから、一斉に険しい視線を浴びる。

「ひぃ……!?」

ぼ、僕何かしたかな……と、思わず立ちすくんでしまった。

「あ、あの……王国から派遣されてきた勇者ですけど……」

「あんたが勇者か……ふん、勇者様が鍛冶工房になんの用だ」

親方らしき人物が僕を一瞥してそう言った。

「勇者だかなんだか知らねえが、うちはそういうのはお断りだ。仕事の邪魔だ。どけ」

「えぇ……」

ハルカさんから工房に話が行っていると思っていたけど……

どうやら歓迎ムードじゃないみたいだね。

「支援金がもらえるから勇者訪問を受け入れたが、こっちは予算も時間もカツカツなんだ。端っこのほうで大人しく見学していてくれ。いいか？　決して工房の中のものに触れるなよ？」

「は、はい……」

なるほどそういうことか……

工房主として、譲れないこだわりがあるのだろう。頑固そうな人だし、これは仲良くするのは難しそうかな？

だけど、そこまで言われて大人しくしている僕じゃない。

とりあえず信頼を得られるまでは、見学させてもらおう。

――カン！　カン！　カン！

静かな工房に、ハンマーの音だけが不規則に鳴り響く。

とてもじゃないが、話しかけられるような雰囲気じゃない。

ふと、一人の若手の職人が目についた。

彼はボロボロのハンマーをひたすら振って、何度も何度も失敗しながら、それでもあきらめないで常に手を動かしている。

不器用で、とても効率的とは思えないが、その集中力は工房内で一番とも言えるほどだった。

そんな彼に、他の職人から罵声が浴びせられる。

「おい、アレクサンドロ！　またそんなボロボロのハンマー使って俺たちの真似事してんのか？　無理無理無理。お前のような貧乏人、新品のハンマーすら買えないんじゃ、職人なんて無理さ。わかったらさっさと自分の仕事をしろ！　お前はしょせんただの雑用係なんだからよ！」

なるほど、アレクサンドロと呼ばれたこの人物は、正式な職人というわけではないのか。

でも、貧乏で道具が買えないからといって、そこまで言う必要はないのにな。

それに、彼は道具さえあればきっと良い職人になれる。

僕には彼の集中力がとても優れた才能に見えた。

何より、この状況に置かれてもなお、少しでも技を盗もうと努力する彼の執念は、確実に職人向きだ。

「じ、自分の仕事はもう終わらせました！　雑用は完璧に済んでいます！　なので、もう少しだけ練習させてください！」

「ちっ、生意気なやつめ。まあ無駄な努力だとは思うが勝手にしやがれ。また雑用ができたらすぐにやれよ」

「はい！　わかっています！　ありがとうございます！」

職人に嫌味を言われても、アレクサンドロは腐らずに殊勝な態度を崩さない。しかも彼は、練習のために本来の仕事を誰よりも早く終わらせるような真面目さも備えている。

なんだかそんな彼が不憫に思えてきた。

工房でハンマーを貸してあげればいいのに……

「あの……？　彼にハンマーを貸してあげたりはしないんですか？」

僕がそう聞くと、職人さんは鬱陶しそうに答えた。

「あん？　ハンマーは俺たち職人の魂さ。貸したりなんてできるかよ。それさえも買えないやつに用はないね。それに、あいつには才能なんてねえのさ」

「それはわからないじゃないですか。チャレンジだけでもさせてあげたらどうですか？」

「勇者様、俺たちのことに口出ししないでくれ。これが職人の世界なんだよ。まずは雑用を五年やって、それから金を貯めて自分でハンマーを買えばいい。それも待てないようじゃ、そこまでってことよ」

厳しい世界なのはわかるけど、やりたいこともできずに五年も耐えなきゃならないなんて……

僕はいたたまれない気持ちになって、アレクサンドロに話しかけた。

「あの、もしよかったら、そのハンマーを見せてくれませんか？」

「ゆ、勇者様……⁉　お、俺なんかのボロボロのハンマーでよかったら……」

僕はハンマーを受け取って、もちろんあの付与術をかけた。

「【レベル付与】――!!」

名前	ボロボロのハンマー
レベル	1
鍛冶能力	5
器用さ	3

「勇者様……これは？」

「いいから、使ってみて」

僕はアレクサンドロにハンマーを返した。

もちろん見た目の変化はないし、レベルを上げなければただのハンマーだから、彼は怪訝そうにそれを見つめている。

「何をしたんですか？」

「うーん、ちょっとしたおまじない……かな」

「ありがとうございます。きっと勇者様のご加護があります……！」

「あはは、それは君の頑張り次第かな」

「………？」

僕はそれだけ言って、再び工房の見学に戻った。

これ以上あれこれすると、また親方がうるさそうだ。

今のところ、煙たがられているし、僕にできるのはこのくらいかな。

あとはアレクサンドロがどうなるか、経過を楽しみにしておこう。


その日の夕方ごろ、僕が帰り支度を始めたとき、事件は起こった。

一日中集中してハンマーを握っていたアレクサンドロが、僕に興奮したテンションで話しかけてきたのだ。

「勇者様！　すごいです！　勇者様のおまじないのおかげで、初めて製品レベルの武器を作れました！」

そう言って彼が持ってきたのは、見るからに素晴らしいクオリティのバトルナイフだった。

まるで熟練の職人が打ったかのように鋭(するど)い斬れ味のそれは、奇跡の仕上がりとも言える逸品だった。

「これは……すごい！　本当にこれは君が!?」

「はい！　勇者様に祈ってもらってから、ハンマーがどんどん扱いやすくなっていったんです！　まるで魔法のように！　なんだか名工の品のみたいな扱いやすさで……自分の腕が上がったんじゃないかとすら思いましたよ……！」

「それはよかった……！」

アレクサンドロの言っていることは、決して気のせいではない。

彼の腕が上がったというよりも、むしろそれが彼本来の実力なんだろうね。

ハンマーがレベルアップして、まともな武器が打てるようになって、実力が発揮されたのだろう。

「ちょっと試しにさっきのハンマー、もう一回見せてくれる？」

「はい、もちろんです！　気のせいか、なんだかコイツも輝いて見えますよ！」

「…………!?」

名前　ボロボロのハンマー（覚醒状態（かくせいじょうたい））
レベル　1000
鍛冶能力　5000

なんと彼から受け取ったハンマーは、レベル1000にまで達していた。

って……たった一日でここまで……!?

だとしたら、彼の実力というか、才能はどれほどなんだ……!?

いくらボロボロのハンマーだとしても、一日でこれだけの経験値を得るなんて！

しかも〝覚醒状態〟って、はじめて見るステータスだけど……

「アレクサンドロ……これ、気のせいじゃなくて、本当にハンマーが光ってるよ……」

「え!?　本当ですか……!?」

もしかして、アレクサンドロの才能って……

僕は試しに、さっきアレクサンドロが作ったナイフにも【レベル付与】をしてみた。

そしてそのナイフを彼に手渡す。

「ちょっと、このナイフで僕を斬ってみて！」

「えぇ!?　そんな、勇者様を斬るなんて、できませんよ！」

「僕のステータス的に絶対に怪我はしないから、大丈夫。安心して」

「そ、そこまで言うなら……失礼します！　えい……！」

――キン！

さすがに僕の防御力が高すぎて、傷一つつかずにナイフが弾かれた。

だけど、今の一振りだけで――

「ナイフのレベルが上がっている……」

そう、アレクサンドロがたった一振りしただけでナイフに経験値が入って、レベル５まで上がっていたのだ。

そんなこと、普通ならありえない。

あの才能のあるラルドですら、ここまで早く経験値を溜められはしなかった。

「アレクサンドロ……君は、すごい才能の持ち主かもしれない……！」

「えぇ!?　お、俺がですか……!?」

経験値が人よりも溜まりやすい体質なのか、武器や道具に対する感性が異常に鋭いのか……

とにかく、彼が類稀（たぐいまれ）なる才能の持ち主であることは間違いない。

今まで貧乏でろくなハンマーしか与えられてこなかっただけで、彼は間違いなく天才だった。

武器職人として、鍛冶師として、彼ほどの逸材（いつざい）はいないだろう。

「すごいよ！　君は天才だよ！」

「あ、ありがとうございます！」

僕たちが工房の隅っこでそんな話で盛り上がっていると、親方が不機嫌そうな態度でこちらへと近づいてきた。

「なんだぁ？　てめえら、さっきからうるせえぞ！」

しかし彼は、アレクサンドロの作ったナイフを見るやいなや、目を丸くして驚愕（きょうがく）の表情を浮かべた。

「なんだこのナイフは……!?」

それに対してアレクサンドロは、びくびくと怯（おび）えた表情で、親方の顔色をうかがう。

「それは、アレクサンドロが作ったナイフです！」

アレクサンドロに代わって、僕は堂々と親方に事実を告げた。

「ちょっと……勇者様……！」

「いいから、僕に任せて」

親方は信じられないという表情で、僕とナイフとアレクサンドロの顔を、順番にきょろきょろ見回した。

「ほ、本当にこのナイフを……こいつが……？」

「は、はい……！」

「ちょ、ちょっとこっちに来てみろ。今製作中の武器がある。最後の仕上げの工程がまだだから、試しにやってみろ」

そう言って手招きすると、親方は自分の工作台にアレクサンドロを座らせた。

「は、はい……！　ありがとうございます！　やってみます！」

親方はまだ半信半疑で、アレクサンドロを完全に認めたというわけではなさそうだ。

だけど、話を聞かないで無視してきた今までの態度とはまるで違う。これはすごいチャンスだ！

アレクサンドロも慎重に、失敗しないようにではあるが、嬉しそうな表情で作業に取り掛かる。

――コン、コン、コン！

黄金に輝く覚醒したハンマーで、アレクサンドロが武器の仕上げを進める。

その姿は、まるで熟練の職人のようだった。

ものすごい集中力だ……

親方だけじゃなく、いつしか工房のみんなが自分の作業の手を止めて、食い入るように見物していた。

そして好き勝手にアレクサンドロを批評する。

「ど、どうなってんだ……？　みるみる仕上がっていくぞ……？」

「本当にこれがあの落ちこぼれの下っ端の技なのか？」

「ふ、ふん……俺は知っていたね。こいつには才能があるって見抜いていたさ」

「くそ……俺の目でもどうなってんのかわかんねぇ……未知の技術だ……」

ざわめく工房の中で唯一、親方だけは何も言わずに見入っていた。

「できた……！　完成しました……！　これでどうでしょうか……!?」

しばらくして、自信なさげにアレクサンドロが顔を上げた。

親方の工作台には、一本の光輝く剣が置かれている。

名前　アレクサンドロ・マスターソード
攻撃力　800

それまで沈黙を貫いていた親方が、ようやく口を開いた。

「おいアレクサンドロ……これは……」

「はい……俺なりに仕上げたつもりです……」

親方は怪訝そうに剣を取り上げ、それを隅々まで舐めるように確認していった。

「俺が作っていたのはロングソードだ。だがこれは……」

「す、すみません！　ま、間違えてしまいました……！　や、やり直します……！」

そう、アレクサンドロの作った剣は、ただのロングソードなんかとは一線を画すものだった。

僕のように【名称付与】をしたわけでもないのに、ユニーク武器としての名前を持っている。

つまりアレクサンドロの類稀なる才能によって、この世に新たなユニーク武器が生まれたというわけだ。

ユニーク武器は、一部の限られた職人が何日もかけて製作する特注品だ。

そんなものを、途中から仕上げをやっただけで、しかもほんの数分で完成させてしまうだなんて……

アレクサンドロの才能って、いったいどれほどのものなんだ……⁉

だけど、どうも彼は自己肯定感が低いらしく、親方に怒られると思って肩をすくめている。

でも、きっと大丈夫だ。

「アレクサンドロ……！　お前はすごい……！」

親方は見たことのないような満面の笑みで、アレクサンドロの肩をがっしりとつかんで言った。

あんなに表情の変わらないガンコそうな人が、今はとても柔らかい笑顔になっている。

「え………？」

「みんな！　ここに新たな職人が誕生した！　新入りに拍手を……！」

「うおおおおお！　天才だ！　アレクサンドロ万歳‼」

どうやら、アレクサンドロの実力が正当に評価されたみたいだね。

職人さんたちは頑固で融通が利かないけれど、職人としての腕には誇りを持っている。ちゃんと実力があるとわかれば、誰も文句を言わない世界だ。

「ゆ、勇者様のおかげですよ……！　ありがとうございます……！」

感極まったアレクサンドロが、僕に頭を下げた。

「いや、僕は何も。ハンマーを渡しただけで、あとはアレクサンドロの才能だよ！」

僕も誇らしい気分だった。まるで自分のことのように嬉しい。

こうやって才能が開花する瞬間を見られるのは、本当に気分がいいね。

ラルドのときもそうだったけど、見逃されてきた才能が正当に評価される……それってとても難しいことだ。そして、それができるのが僕の能力なんだ。

これからもこうやって、誰かのために役立てたいね。

「ようし、アレクサンドロ、今日から下っ端は卒業だ。今度からは工房の仲間だ！　お前にAランクマイスターの称号を与える！」

親方の思い切った宣言に、工房内が一瞬ざわついた。

「いきなりAランク……!?　すごい……！」

「くそ……なんで下っ端がいきなりAランクなんだ……!?」

「俺なんか五年やってCランクなのに……！」

「でも仕方ねえよ。あれを見ただろ？　ユニーク武器を作っちまった……」

「ああ、あんな逸材を下っ端にしておいちゃもったいない」

アレクサンドロは最初こそ困惑していたが、満面の笑みでAランクマイスターの称号を受け取った。

「ありがとうございます！　これから頑張ります！」

これまで下っ端と蔑まれながらも、彼はハンマーを握り続けた。

その努力が、ようやく報われた瞬間だった。

あれだけ職人になりたがっていたんだから、本当に嬉しいんだろうね。

よかったよかった。

これで僕も安心してハルカさんに仕事の成果を報告できる。

工房に行ったはいいけど、何もさせてもらえませんでした……では面目が立たないからね。

すると親方が僕に近づいてきた。

「勇者様……すまなかった……」

「ええ……!?」

親方はひざまずいて僕に深々と頭を下げた。

「あなたを見くびっていました。さっきは邪魔者扱いしてすみませんでした……！」

他の職人さんたちも、親方に続いて頭を下げる。

「そんな……！　頭を上げてください！」

「勇者様のおかげで大事な才能を見逃さずに済みました……！　アレクサンドロは我々職人の宝です！　そんな大事な才能を、ちゃんと見抜けなかった自分が悔しい……！」

「もういいですから、アレクサンドロをよろしくおねがいします」

「はい！　もちろんです。アレクサンドロは今後、うちの工房を担う存在として、大切に指導していきます！」

親方の言質もとれたことだし、これで僕の役目は終わりかな。

あとは適当に、アレクサンドロ以外のハンマーにも【レベル付与】をかけておこうか。

というわけで、いろいろあったけど、無事に工房での仕事も終わりを迎えた。

――ちなみに、そのあとすぐにアレクサンドロはSランクマイスターにまで上り詰めて、自分の工房を持つまでになる。

のちに、彼が伝説の職人――アレクサンドロ・ガントレットとして世界中に名を馳せ、後世にまで残る偉業を成し遂げることは、まだ誰も知らない。

4　付与術の研究

鍛冶工房から帰ってきた僕を迎えたのは、妹のサヤカだった。

「兄さん！　兄さん！　兄さん！」

「わぁ……！　久しぶりだね！　元気そうでよかった」

僕が鍛冶工房で勇者の仕事をしている間に、ミネルヴァが連れてきてくれたんだ。

これからは広くなったお城で、サヤカもミネルヴァのお父さんも一緒に暮らせる。

これでようやく家族がそろったという感じだ。

ミネルヴァのお父さんを家族だなんて、まだ気が早いかな……へへ。

とりあえず妹と軽くスキンシップを済ませ、僕はまた慌ただしく次の仕事にとりかかる。

次にハルカさんから言い渡された派遣先は、とある薬屋さんだった。

「薬屋かぁ……どんな仕事をするんだろう。僕で力になれるかなぁ」

僕とミネルヴァにできるのは、付与術とレベル上げだけだ。

だけど、薬屋の仕事と付与術は、どうも結びつかない。

不安をこぼす僕の背中を、ハルカさんは笑顔で押した。

「大丈夫ですよ、アレンさん！　勇者であるアレンさんが行って応援するだけで、国民の皆さんは喜びます。それが勇者の仕事ですから」

「そうかなぁ……鍛冶屋のときみたいに煙たがられないといいけど」

とりあえず、僕はミネルヴァとともにその薬屋に行ってみることにした。


薬屋さんに来た。

どうやら薬屋さんといっても小さな商店みたいな感じで、鍛冶工房みたいにあまり規模は大きくない。

「あのー、勇者様……ですか？」

そう言って僕たちを迎えてくれたのは、まだ小さな少女だった。

「そうだけど……もしかして……君が？」

「はい、そうです。私がこの薬屋の主人です」

これには僕もびっくりだった。

まだほんの小さな子供だというのに、こんな子が一人で切り盛りしているなんて。

サヤカといくつも歳が離れていないと考えると、なんだか不憫だ。この年頃の少女を見ると、どうしても妹と重ねてしまう。

「そっか……それで……何か困っていることはないかな？」

「それが……」

尋ねると、少女は僕たちを店の裏手に連れていってくれた。

薬屋の裏は、ちょっとした家庭菜園みたいになっていて、綺麗な庭が広がっていた。

だが、どうしたことだろうか……少女の顔は不安そうだ。

「あの、私……ミラっていいます」

「あ、うん。よろしく、ミラ」

僕たちは軽く握手を済ませる。

それから、ミラは話しはじめた。

「勇者様……実は……今、うちの薬屋は危機に瀕しているんです」

「それはまたなんで？」

「これを……」

ミラが見せてくれたのは、庭の一画。

様々な薬草を育てていたと思われる花壇だった。しかしどうしたことか、すべての植物が今にも枯れかかっている状態だ。

「これは……！」

「お水をあげても、全然成長しないんです……」

「水のあげすぎとかじゃなくて？」

僕がそう聞くと、ミラは不満そうに首を横に振った。

そんなことはとうに確認しているという感じだ。

「以前と水量は変えていません。前は、全然大丈夫だったんですが……」

「そっか……それは不思議だね……」

土を調べてみたものの、異常はなさそうだ。

もしかしたら、土に含まれる魔力の量が問題なのかもしれない。けれど家庭菜園の詳しいことは僕にはわからない。

僕は別に、庭師でも農家でもないからね。

ならば、僕にできることは一つだけだ。

「よし……！　ミラ、僕たちに任せてよ！」

「え……？　勇者様、なんとかできるんですか？」

「うん！　たぶんね。さっそくやってみるよ！」

「お、お願いします！」

僕は、まずは枯れかかっている薬草たちに向けて、【レベル付与】を使った。

「えい……！」

名前　薬草
レベル　1
状態　最悪
成長度　1

「ようし！　これを……！　ミネルヴァ、お願い！」

「もちろん！　えい！」

阿吽（あうん）の呼吸で【経験値付与】をしてもらうと――

名前　薬草

レベル　１００
状態　　最高
成長度　ＭＡＸ

なんとレベルが上がるにつれて、薬草の状態はみるみる良くなっていった。

成長度もＭＡＸまで上がっているので、これで収穫もできる。

「勇者様！　すごいです！　あっという間に薬草が成長しました！」

見事に成長した薬草たちを見て、ミラが目を輝かせた。

「これでこの薬草たちは使えそうかな？」

「はい！　これなら最高品質の薬が作れます！　これで多くの人の命が助かります！　ありがとうございます！」

とりあえず、今回の薬草はちゃんと良い状態にして収穫できたけど、このままではまた同じ問題が生じて、枯れてしまうかもしれない。

収穫の度に僕たちが付与をしに来るわけにもいかないし……これは根本的な解決が必要だね。

「よし、じゃあもう一仕事するか！」

気合いを入れ直していると、ミラが驚きの声を上げる。

「え⁉　まだ助けてくれるんですか⁉」

「もちろん！　この薬屋がちゃんと大丈夫だって安心できるくらいになるまで、僕は頑張るよ！」

「勇者様ってやさしい……まるでお兄ちゃんみたいです……！」

「えぇ……⁉」

お兄ちゃんなんて言われると、なんだか照れてしまう。

帰ったら、サヤカを撫で撫でしよう。

……なんて思っていたせいか、自然とミラのことを撫でてしまっていた。

「え……ゆ、勇者様……⁉」

「あ、ああ……ごめんミラ、つい……」

「いえ……本当のお兄ちゃんみたいで、嬉しいです。えへへ……」

僕が謝ると、ミラは照れくさそうに笑った。

なんだかミラは可愛いなぁ……

ふとミネルヴァの視線を感じたので、僕は慌てて花壇に意識を戻した。

次はこの花壇にレベルを付与していこう。

「えい……！」

名前　　花壇
レベル　1
土の状態　普通
成長促進効果　+2%

「じゃあミネルヴァ、【経験値付与】をお願い」

「うん！　えい！」

ミネルヴァの【経験値付与】で、レベルを100まで上げる。

名前　　花壇
レベル　100

土の状態　　最高
成長促進効果　＋２００％

これで薬草だけでなく、花壇の状態も最高になった。

花壇を一度強化しておけば、あとはそこで育つ薬草も最高のものになるはずだ。

試しに、少しの時間観察してみると……

なんと下位の薬草程度なら、ものの数分で収穫可能なまでに成長した。

「すごい成長スピードだ……！」

「さすがは勇者様です！　ありがとうございます！　これで、いつでも新鮮な薬草を収穫し放題ですね……！」

ミラも手を叩いて喜んでくれた。

「本当にありがとうございます。これでうちの薬屋も安泰(あんたい)です。なんとか立て直せると思います！」

「待って、他にも【レベル付与】できるものがあるかも……」

「え……？　ま、まだ力を貸してくださるんですか？」

「もちろんだよ！　他に薬の調合で使う道具とかはない？」

僕が尋ねると、ミラはしばらく考えこんだあとに家の中に入って、一つの道具を持ってきた。

「これです……！　調合錬金のときに使う『錬金窯』です」

「じゃあ、これにも付与しよう」

ミネルヴァと協力して、錬金窯に付与をかけていく。

名前　錬金窯
レベル　1 → 100
錬金精度　20 → 2000
錬金効率　10% → 1000%

「よし……！」

錬金効率もはるかによくなっているから、少しの素材でたくさんの薬が作れるはずだ。

「すごいです……さっそく薬を作ってみますね！」

ミラはしばらく錬金窯とにらめっこ。

そして、レベルアップして最初の薬ができた！

「すごいですよ、勇者様！　この錬金窯と勇者様の薬草のおかげで、今までにないくらいの薬が作れました！　これは伝説の万能薬エリクサーにも匹敵するほどの効果ですよ!?　これで多くの患者さんたちが救われます……！」

「それはよかった。僕も、少しでも多くの人が救われると嬉しいからね」

こうやって人の役に立つ仕事の手助けができるのは、本当に嬉しい。

それでこそ、僕がこの能力を得た甲斐があるというものだ。

これからも、少しでもみんなの役に立てたらいいな。

◇

薬屋から自分のお城に戻ってきた僕は、次の仕事までに少し時間があったので、改めて付与術の研究をすることにした。

今のところ、僕が会得している付与術は次の通りだ。

攻撃力強化（強）
防御力強化（強）
魔力強化（強）
属性強化（強）
耐性強化（強）
魔力耐性強化（強）
敏捷強化（強）
運強化（強）
レベル付与
名称付与
無生物付与
自動回復付与（強）
金属肉体付与（強）
毒耐性付与（強）
魔法反射付与（強）

これらをさらに有効活用していこうと思う。

まず、僕は普段から、【自動回復付与】を自分とミネルヴァにかけている。

これによって、少しの傷や病気なら自動ですぐに回復できるから安心だ。

【金属肉体（メタルボディ）付与】も、防御力が上がると思うので、念のためにかけてあるし、【毒耐性付与】も……。

まあ、そんなことはないだろうけど、暗殺防止のために使っている。

とはいえ、僕だって今や一国の勇者だ。そのポジションを狙う者はいるだろうし、完全に暗殺の可能性がないわけじゃないもんね……

またナメップやマクロのような悪いやつが現れないとも限らないし。

それに、【毒耐性付与】があれば食中毒にもならないから、かけておいて損はない。

ただ【魔法反射付与】だけは、常に付与しているといろいろな弊害（へいがい）が考えられるため、かけるのをやめている。

付与術だって魔法なわけだ。

だからたとえば、付与術を使ったときに、相手が【魔法反射付与】をかけていた場合、自分に付与術が戻ってくることになる。

つまり、ミネルヴァが僕に【経験値付与】をすることができなくなる。

他にも、誰かが間違えて僕に魔法を放ったときに反射してしまって、その人が怪我でもしたら大変だからね。

【魔法反射付与】だけは、相手が敵意を持って魔法を使ってくる場合のみ、それも一時的な付与に限って使用することにしている。

ちなみにだけど、靴にも【レベル付与】をかけてある。

なので、僕は歩くたびに靴に経験値を溜められる。

最近なんだか歩くのが楽に感じるのは、そのおかげかもしれない。

まあ、そんなわけで、今の僕には多数の付与術がかかっている。今でも十分最強って感じだけど、他にも様々な付与術がある。

まだ使いこなしていないものなどを、この機会にいろいろ試してみようと思うのだ。中には、組み合わせ次第で無限の可能性が見えてくるものもあるだろう。

ずっと忙しくて、時間をとって考えることができなかったからね。せっかくだから、この機会に新しく他の付与術も覚えてみたい。

新たな付与術を覚えるには、スキルツリーに魔力を捧げる必要がある。

僕はスキルツリーを開いて、何か面白そうな付与術がないか、いろいろと見てみることにした。

今の僕にはほぼ無限といっていい魔力があるから、どんな付与術でも覚え放題だ。

ただし、自分でも何を付与していたか忘れない程度にしておかないと、管理が大変だ。

あまりごちゃごちゃと付与術まみれにしてしまっても、あらぬ弊害に見舞われることになりかねない。

というのも、組み合わせ次第で相乗効果を得られる付与術があるように、中には組み合わさるととんでもない副作用をもたらすものがあるかもしれないからだ。

僕はまず、各属性の付与を覚えることにした。

これは、この世に存在する七つの属性――すなわち四大属性である炎、土、風、水に、光、闇、無の三つを加えたもの――を付与する術のことだ。

僕は【属性強化（強）】は使えるけど、それぞれの属性を付与する術は持っていない。

ナメップが炎の剣士だったように、属性というのは本来、生まれつきそれぞれの人間に一つずつ決まっているもので、変えることはできない。

ちなみに、僕のもともとの属性は光で、ミネルヴァは風。だけど、付与術師にとって属性はほとんど関係ない。

【属性強化】は、各人が帯びている属性――通常なら生来の属性――を強化する効果がある。

付与術師は付与術のスキルツリーしか持っていない職業だから、僕は光属性特有の攻撃魔法などを覚えることができないのだ。

ただ、相手の魔法に対する耐性などで少し関係があるくらいだ。

たとえば、僕は光属性だから、無属性の攻撃魔法に弱い。

属性の強さは、光＞闇＞無＞光……という関係になっていた。
ちなみに、四大属性のほうは、炎＞土＞風＞水＞炎……という相関関係がある。
僕はスキルツリーから、それぞれの属性の付与術を覚えた。
そしてそれらを（弱）から（強）へと強化する。

炎属性付与（強）
土属性付与（強）
風属性付与（強）
水属性付与（強）
光属性付与（強）
闇属性付与（強）
無属性付与（強）

これで僕はあらゆる属性を付与することができるようになった。

ちなみに、属性付与をするとどうなるかというと……付与された人物の攻撃は、その属性を帯びたものになる。

また、付与された属性に対する耐性もできる。ただし、相性が悪い属性に対しては脆弱（ぜいじゃく）になるというデメリットもあるので、注意が必要だ。

なお、一度にすべての属性を付与すれば、あらゆる属性に耐性があり、あらゆる属性の攻撃を帯びた攻撃を繰り出せるようになる。

それにはかなりの魔力を必要とするけど……まあ、僕には関係ない問題だ。

今のところ、勇者の仕事は戦ったりするようなものは少ないが、この先、魔王が復活する可能性がないわけではない。

魔王とまではいかなくても、盗賊団や危険なモンスターと戦う機会があるかもしれない。

そうなったとき、単にステータスの高さに任せたごり押しでは勝てない強敵が出てくるかもしれない。

そこで役に立つのが属性攻撃だ。

属性を帯びた攻撃は、弱点属性に対して致命的なダメージを与えることができる。

属性を付与したうえで【属性強化】も使えば、さらに大きなダメージを与えられる。

噂によると、普通のダメージは一切通さずに、弱点属性でしかダメージを与えられない特殊なモンスターもいるのだとか。

そういうときのために、この各種属性付与は覚えておいて損はない。

それから、各種状態異常系の付与術も覚えておくことにする。そして（弱）から（強）へ強化。

また、それぞれの耐性付与も覚えておく。

麻痺付与／耐性付与（強）
毒付与／耐性付与（強）
沈黙付与／耐性付与（強）
暗闇付与／耐性付与（強）
混乱付与／耐性付与（強）
魅了付与／耐性付与（強）
睡眠付与／耐性付与（強）
火傷付与／耐性付与（強）
氷結付与／耐性付与（強）
気絶付与／耐性付与（強）

激昂付与／耐性付与（強）
瘴気付与／耐性付与（強）

新しい付与を覚えたから、それぞれの耐性付与を自分とミネルヴァにかけておこう。

ただ【睡眠耐性付与】だけは、（強）ではなく（弱）をかけた。

理由としては、（強）だとあまりにも目がバキバキになって、ちっとも眠気が訪れなくなってしまうからだ。

これじゃあ日常生活に支障が出る。

確かに睡眠の状態異常は強力だし、それを予防したいのだけれど、あまりにも効果が大きすぎて、これだと普段使いには適していない。

なので、戦闘中だけ（強）を改めてかけなおして、普段は効き目の緩い（弱）にしておくことにした。

（弱）なら、睡眠の状態異常に対する耐性もそこそこあるし、普段の睡眠の妨げにもならなかった。

普通の人なら、付与術を常に使っておくなんてことはしないし、そもそもできない。

僕の場合は付与術が永続するから、こういった弊害もある。

そこは気を付けて使っていかないとね。

それにしても、僕も攻撃魔法とか使ってみたい気もする。魔術師とかなら、いろんな魔法が使えるんだけど……付与術師の場合は、付与術のスキルツリーしか得られないからね。

まあいいや、僕は付与術師だから、付与術のエキスパートだ。

それに、僕はステータスを文字通り桁違いに上げているわけだから、戦闘で苦労することはほとんどないだろう。

僕の攻撃力があれば、攻撃系のスキルや攻撃魔法も必要がない。

さてと、いっぱい新しい付与術を覚えたわけだけど、さっそくこれを実戦で試してみたいな。

◇

次の仕事は、冒険者ギルドからの依頼だった。

僕たちはさっそく冒険者ギルドへやってきた。

受付のお姉さんが、僕たちに仕事の詳細な内容を説明してくれる。

「今回勇者様に依頼したいのは、ＳＳＳ級ダンジョンに現れた超巨大ゴーレムの討伐です」

「超巨大ゴーレムですか……」

「はい。目撃者によると、本来のゴーレムとしては考えられないくらいの大きさで、その強さも通常種の五倍はありそうだということでした。現れたのは、人気があって冒険者も多く利用するダンジョンです。巨大ゴーレムがいるとなるとあまりにも危険なので、現在ダンジョンは封鎖しています。一応、勇者様に依頼する前にも、他のＳＳＳ級冒険者に依頼したのですが……みんな歯が立たず……これはもう、勇者様にお願いするしかないということになりました」

「そうなんですか」

ダンジョンはどれも、冒険者にとっては良い狩場だ。

だが稀に、あまりに強すぎるモンスターが出現することがある。

そういう場合は、緊急クエストとして依頼が貼り出されて、強敵モンスターの討伐がなされる。

しかし今回は、誰もそのモンスターを倒せないほど、相手が強いのだという。

そうなったらダンジョンは危険すぎて、もはや狩場として多くの冒険者に開放することができなくなる。

ダンジョンを封鎖するしかなくなって、冒険者たちは狩場を一つ失う。

ということは、ギルドにとっても稼ぎが減って大きな痛手にもなる。

それにしても、ＳＳＳ級冒険者たちが誰もかなわなかった相手を、僕たちが倒せるのだろうか……

思えば、ステータスが最強になった僕だけど、今までこれといって、超強敵と戦うような仕事はしてこなかったな。

まあ、これだけステータスがあれば、大丈夫か……数値だけ見れば、今の僕ならどんな強いモンスターでも倒せるだろう。

強敵モンスターの討伐依頼かぁ。なんだか、いよいよ勇者らしい仕事って感じだな。

よし、頑張ろう……！

◇

僕とミネルヴァはさっそくダンジョンへと移動した。

そこは、ＳＳＳ級の超難関ダンジョンとして知られる場所だ。

だけど、僕たちは難なく進んでいった。

覚えたての付与術を実戦で試すには良い機会だ。

僕はいろんな付与術を駆使して、モンスターたちを蹴散らしていく。

現れたのは、植物モンスター――ビッグプラントだ。

「まずは【麻痺付与】で痺れさせて、と……よし、効いた！」

ビッグプラントの動きが止まる。

せっかくだから、いろんな付与術を試すことにする。

「【炎属性付与（強）】……！」

僕の剣が、炎を帯びる。

これで炎がさらに大きくなった。

「【属性強化（強）】」

「うおおおおおおお！！！！」

僕はビッグプラントを全力で叩き切る！

炎属性はビッグプラントのような植物モンスターには大ダメージだ。

斬撃を受けたビッグプラントは炎に包まれ、一瞬で消滅した。

それを見て、ミネルヴァが称賛の声を上げる。

「さすがアレンね！　もはやあらゆる付与術を使いこなして、最強の付与術師になっちゃったね」

「この調子でいこう」

僕たちはさらにダンジョンの奥へと進んだ。

次に現れたのは、黄金（おうごん）スライムだった。

黄金スライムは、身体が金属できたものすごく硬いモンスターだ。

あまりお目にかかることのない、レアなモンスターでもある。

見た目は金ピカで、いかにもお宝を持っていそうな感じだけど、何か良いアイテムを落としたりするわけではない。

並みの冒険者ではダメージを与えることすらもできないほど硬くて、なかなか倒すのが難しい。

その割に、倒したところで旨味(うまみ)はない。

そういう、厄介で嫌われ者のモンスターだった。

もっとも、あまり攻撃的ではないので、相手にせずに逃げてしまえばいいんだけども。

でも今の僕のステータスなら、もしかしたらそんな黄金スライムでさえも一撃かもしれない。

さっそく試してみることにする。

僕は黄金スライムに斬りかかった。

黄金スライムの防御力は想像以上で、僕の攻撃でも一撃では倒れなかった。

硬質の体が剣を弾き、鋭い金属音が鳴る。

「なら、もう一回だ！」

僕はめげずに攻撃を続ける。

黄金スライムは反撃の姿勢を見せるが、その攻撃力は防御力ほど高くはなかった。

なので、黄金スライムからの攻撃は僕には通用しない。

僕は構わずに剣を振り続ける。

「えい！　えい！」

黄金スライムを数回斬りつけるものの、かなりしぶとくて、なかなか仕留めることができない。

「さすがに黄金スライムというくらいだから、硬いな……単純にステータスが高ければ倒せるというものでもないのかな……？」

そのときだった。

――キィイン！！！

ひときわ鋭い金属音が響いたかと思ったら、ようやく黄金スライムに刃が通った。

僕の剣が黄金スライムの身体に深く突き刺さっている。

「ピキー！」

「お……！　これは、クリティカルヒット！」

攻撃するとごくまれにクリティカルヒットが発生し、通常よりも大きなダメージを与えられる。

さすがの黄金スライムもこれにはたまらず、悲鳴とともに絶命した。

「ふぅ、ようやく倒せたか……」

次の瞬間――僕の中に何か、力が一気にみなぎるような、そんな感覚があった。

この感覚は……もしかして、レベルアップ？

でも、おかしい……

僕のレベルは今や1000。次のレベルに上がるには、かなりの経験値が必要なはずだ。

それこそ普通の戦闘をしていたのでは到底到達しないほどの、膨大な経験値を溜めなければならない。

前にステータスを確認したときには、次のレベルアップまではかなり遠かった。

もちろん、ミネルヴァに【経験値付与】をしてもらったわけでもない。

じゃあ、これはいったい……？

ステータスを確認してみると、本当にレベルが上がっていた。

「どういうことなんだ……？」

僕とミネルヴァは顔を見合わせる。

「もしかして、ミネルヴァがこっそり【経験値付与】を使った？」

他に考えられずに尋ねると、彼女は首を横に振った。

「してないけど……？」

「だよね……」

「ねえ、黄金スライムを倒したときに、レベルアップしたのよね？」

「そうだね」

「だったら、もしかしたら、黄金スライムに秘密があるんじゃない？　黄金スライムは、他のモンスターよりも多くの経験値を得られるのかも」

「そうなのかなぁ？　でも、黄金スライムって別に強くはないけどなぁ？」

これまでの経験上、より強いモンスターのほうが、より多くの経験値を得られるとわかっている。

黄金スライムが他のモンスターと違う点といえば、身体が硬いくらいだ。

そんなモンスターを一匹倒したくらいで、それほど経験値が得られるとは思えない。

「試しに、もう一回黄金スライムを倒してみましょう？」

「そうだね。検証が必要だ。あ……でも、黄金スライムなんて滅多にお目にかかれるものじゃないからなぁ。もう一回見つけようと思ったら、かなりの運と時間が必要になる……」

「何か、黄金スライムの代わりにならないかしら？」

ミネルヴァと二人してアイデアをひねり出す。

「他に身体が硬いモンスターを見つけるとか？　でも、なかなか硬いモンスターなんて……あ！」

「何か心当たりがあるの、アレン？」

「うん、待ってね」

とあることを思いついた僕は、ダンジョンを進んで適当なモンスターを見つける。

僕はさっそく見つけたゴブリンに付与をかけた。

「【金属肉体付与（強）】――！」

すると、ゴブリンの身体が一瞬、黄金スライムのように金属質の輝きを放った。

これで【金属肉体付与（強）】によって、ゴブリンの身体は黄金スライム並みに硬くなったはずだ。

もし経験値の秘密がこの硬さにあるのならば……！

僕はさっそくゴブリン――改めメタルゴブリン――に斬りかかった！

不意をついた一撃は弾かれてしまったが、さすがに素の防御力は黄金スライムほどではないらしい。僕の高いステータスも相まって、何度か攻撃していると、ゴブリンは絶命した。

そのときだった。僕の身体に再びさっきのような高揚感がせり上がってくる。

これは……レベルアップ……！

「またレベルアップした……!?」

ステータスを開くと、確かにレベルアップしている。

やっぱり経験値の秘密は身体の硬さにあったみたいだ。

「もしかしたら、メタル状態のモンスターを倒すと、経験値が多く得られるのかも……！」

ミネルヴァがそんな結論を口にした。

「そういうことかもしれないね……だけどそんなの、今まで知りもしなかったなぁ……」

この世界では、僕が【レベル付与】をしない限りレベルアップの概念がない。

だから、みんなには経験値という概念もない。

そりゃあ、知られていなくて当たり前だ。

これは僕だけが発見した新事実かもしれない。

「メタル系のモンスターは普通に倒すのが難しいくらい硬いよね。だからその分、経験値も多く得られるのかもしれないね」

「だけど、まさか【金属肉体付与（強）】でメタル化したモンスターからも、多く経験値を得られるなんてね……」

ミネルヴァが呆れながら笑った。

「ちょっと待って、じゃあ【金属肉体付与（強）】を使えば、僕たちはレベルアップし放題ってことじゃない……!?」

「そう……なるわね……！」

「これなら、【経験値付与】を使わなくても――魔力を使わなくても、レベルアップが無限にできる……！」

「すごい発見だわ！」

せっかくなので、それからはモンスターに出会うたび、【金属肉体付与（強）】を付与してから倒すことにした。

そのおかげで、僕たちのレベルはどんどん上がっていった。

そしてついに、僕たちはダンジョンの最奥へ到達。

そこには、冒険者ギルドで聞いた超巨大なゴーレムがいた。

「ゴゴゴゴゴゴゴ」

ゴーレムは通常のゴーレムの十倍ほどの大きさだった。

普通のゴーレムですら僕らの身長の倍くらいあるっていうのに……これはちょっと、今まで見たことがないほどだ。

僕とミネルヴァはその巨体を見上げながら感想をこぼす。

「お、おっきぃ……これだけ大きければ、経験値も多そうだ……！」

「こんなの倒せるのかしら……」

ミネルヴァの言う通り、ただでさえ倒すのが難しそうだ。

しかし、倒せれば経験値は膨大なはず。

僕はさっそく、ゴーレムに付与をかける。

「【金属肉体付与（メタルボディ）（強）】――！」

ゴーレムの巨大な体が金属質に輝いた。

同時に、やつはこちらに気づいて、攻撃をしかけてくる。

「ゴゴゴゴゴゴゴ！」

あまりに巨大な拳（こぶし）から繰り出されたパンチは、信じられないほどの重みがあった。

僕たちは後方に身を引いてそれを避ける。

しかし、直撃を避けたにもかかわらず、パンチによって巻き起こる風だけで僕の体は吹っ飛ばされてしまう。

「うわ……！　すごい……！」

パンチはそのまま地面を大きく抉（えぐ）り取った。

衝撃でダンジョンの中が激しく揺れる。

天井が何箇所（なんかしょ）か崩れて、大きな岩が落ちてくるので、僕らはそれも避ける。

「やばいな……戦いが長引いたら、ダンジョンのほうが先に壊れそうだ……」

まずはその大きな身体を封じ込めるとしよう。

このまま暴れられたら、いつ落石にやられてもおかしくない。

「えい！【氷結付与】！」

僕が氷結付与を放つと、ゴーレムの身体が一瞬で巨大な氷に包まれた。

「ゴ……？」

ゴーレムが動けなくなっている間に、僕はさらに付与をかける。

「【闇属性付与】……！　そして【属性強化（強）】だ！」

僕は自分の剣を闇属性にする。

ゴーレムは無属性だから、闇属性に弱い。

そして、邪気をまとった剣で氷結状態のゴーレムを一刀両断――!!

――とはいかず、氷は砕けても、ゴーレムの身体に刃が弾かれる。

やはりメタル化しているから、黄金スライム同様にものすごい硬さだ。

そういえば、黄金スライムはクリティカルヒットで倒すことができたな……逆に通常の攻撃は、何回当ててもまるで手応えがなかった。

もしかしたら、メタル系のモンスターはクリティカルヒットに弱いのかも……？

「そういえば……」

僕は再び【氷結付与】でゴーレムを凍らせて、少しの時間を稼ぐ。

その隙に、僕はスキルツリーを開いた。

僕の行動を見たミネルヴァが、首をひねる。

「アレン、どうしたの？　戦闘中にスキルツリーを開いたりなんかして」

「気づいたんだ。もしかしたら、メタル系のモンスターはクリティカルヒットに弱いのかも」

気づいたことは、試さずにはいられない。

スキルツリーの中に、確かクリティカルヒット率を上げる効果の付与術があったはずだ。

僕の攻撃力は規格外に高いから、もはやクリティカルヒットなんか必要ないと思っていて、取得するのを後回しにしていた。

僕はスキルツリーから目的の付与術を選び、会得する。

「あった！　これだ」

会心率アップ付与（弱）

そして（弱）から（強）へとスキルを強化。

さっそく僕はそれを自分に何度か重ねてかける。

「【会心率アップ付与（強）】――!!」

これで、僕の攻撃はほぼ確定でクリティカルヒットになるはずだ。

よし、準備は整った。今こそ、僕の仮説を検証するときだ。

僕は凍り付いたメタルゴーレムを、思い切り斬りつけた。

「うおおおおおおおおお!!」

――ズシャアアア！！！

――バリィン！！！

僕の一撃で巨大な氷が粉々に割れて、ゴーレムの身体が砕け散った。

「やったぁ……！」

僕たちは見事に巨大ゴーレムを討伐したのだった。

その瞬間、それまで味わったことのない、言い知れぬ高揚感に包まれた。

「うおおおおおお……!?」

僕たちは一気にレベルアップした。

メタル化したゴーレムから得た経験値は、膨大な量になった。

最終的に、ダンジョンを出るころには、僕のレベルは１２５３、ミネルヴァも６９１になっていた。

どうやらメタル化したモンスターが強ければ強いほど、倒したときに得られる経験値も多くなるようだ。

5　錬金術工房

見事超巨大ゴーレムを倒した僕たちは、冒険者ギルドから盛大に感謝された。

「いやぁ、さすがは勇者様だ。あのゴーレムを倒してしまうとは……」

ギルドマスターが直々に、僕を称えてくれた。

お城に戻った僕は、休息しながら次の仕事に備えて、スキルツリーをチェックしていた。

えーっと、まだ覚えていないスキルがたくさんある。これなんか面白そうだぞ……

僕はスキルツリーから、新たに会得するスキルを選択する。

命中率アップ付与（弱）

もちろん取得後は、(弱) から (強) に強化しておく。

これを付与しまくれば、もしかしたら攻撃が必中になったりするのだろうか……?

僕は主に剣で戦うからそこまで命中率が気にならないけど、弓や魔法を使う場合には、特に重宝しそうだ。

僕はそれを自分とミネルヴァに、なんどか重ね掛けしておいた。

これで、今度から僕たちの攻撃はほぼ必中になるはずだ。

そのときだった。

『ぱららぱっぱっぱ~』

また、あの謎の珍妙な音楽が、僕の頭に流れる。

今度はいったいなんなんだろう……?

『会得したスキルが一定数に達したため、実績を解除。アレンは【スキルツリー付与】を覚えました』

そんな声が聞こえた。

「【スキルツリー付与】……?」

それっていったい、なんなんだろう?

困惑する僕を見て、ミネルヴァが話しかけてくる。

「どうしたの？　アレン」

「いやその、前の【無生物付与】のときみたいに、また実績が解除されたんだ。こんどは【スキルツリー付与】だって……」

「それって……どういうことなのかしら……」

「さぁ……」

スキルツリーといえば、職業ごとに固有で設定されている取得可能なスキルのリストみたいなものだ。

たとえば、僕ら付与術師の場合、『付与術』というスキルツリーを持っている。

そして、覚えることのできるスキルは皆、このスキルツリーの中に入っている。

他にも、ナメップの職業である火炎騎士であれば、剣術のスキルツリーと、火炎術のスキルツリーを扱うことができる。

通常は、一つの職業につき、スキルツリーは一つか二つだが、中には大賢者など、五つ以上のスキルツリーを有する上級職というのもある。

基本的に、他のスキルツリーを得ようと思えば、神殿に行って転職するしか方法はない。

だけど、今覚えたこの【スキルツリー付与】……もしかしてこれを使えば、スキルツリーを新たに付与することができるんじゃ……？

いやいや、そんなまさかな……

でも、物は試しだ。

「わからないなら、一度使ってみましょうよ」

ミネルヴァも同じ考えのようだった。

「そうだね」

僕はさっそく【スキルツリー付与】を使ってみる。

「えい！【スキルツリー付与】！」

すると、僕の目の前に文字列が表示された。

『どのスキルツリーを付与しますか……？』

そしてその下には、ありとあらゆるスキルツリーの名称がずらっと並んでいる。

もしかしてこれを選べば、なんでもスキルツリーを付与できるのか……？

「えーっと、じゃあ……まずはこれを……」

僕はその項目の中から、『炎魔法（ほのおまほう）』というスキルツリーを選択する。

「これでできたのかな？」

僕は自分のステータスを開いて確認する。

すると、そこには今まで付与術のスキルツリーしか表示されていなかったのに、今では炎魔法のスキルツリーも同時に表示されていた。

「これは……！　すごい……！」

職業にかかわらず、どんなスキルツリーでも会得可能になるじゃないか……！

こんなとんでもないことがあっていいのか……!?

さっそく、このスキルツリーから何かスキルを覚えてみよう。

僕はスキルツリーを開き、魔力を消費してスキルを覚える。

炎魔法のスキルツリーは付与術の複雑なスキルツリーとは違って、一本道でシンプルなものだった。

数が少ないので、僕はそれを全部覚えることにした。

火炎（フレア）
火炎烈（フレア・ヒート）
火炎烈火（フレア・フレイム）

強弱三段階の炎魔法をすべて会得。

僕は付与術師だから、攻撃魔法とは無縁だと思っていたけど……これで僕も魔法が使える……！

付与術師のままで、攻撃魔法が使えるようになったんだ！

これはすごいぞ……

ミネルヴァも僕の興奮が伝わったのか、目を輝かせている。

「ねえ、アレン。さっそく炎魔法を使ってみせてよ」

「そうだね。えい。【火炎(フレア)】――！」

僕は目の前の虚空(こくう)に向かって、【火炎(フレア)】を放つ。

すると僕の手のひらに小さな火炎が生じ、やがて燃え尽きて消えた。

「おお……！　これが魔法か……！」

「すごい……！」

【スキルツリー付与】、これはすさまじい可能性を秘めているスキルだ……

これさえあれば、ありとあらゆる職業の、ありとあらゆるスキルを会得可能ってことになる。

まさに万能の付与術じゃないか……！

だけど、さすがに僕の手にあまるというか……

いっぺんにありとあらゆるスキルを覚えても使い切れないし、複雑すぎて使いこなせる気がしない。

うーん、今のところはこれくらいにしておいて、また必要に応じてスキルを覚えることにしよう。

◇

次に依頼されたのは、錬金術工房での仕事だった。

錬金術工房では数多くの錬金術師が働いている。

錬金術師というのは、いろんなマジックアイテムや薬品を製造する研究者であり、職人のことだ。

鍛冶屋のときみたいに頑固な人たちじゃないといいけど……

「お邪魔しまーす……」

僕は恐る恐る錬金術工房の扉を開ける。

すると中に入ったとたんに、怒号が飛んできた。

「フォックス・テイル。この使えないうすのろめ！　なんなんだ、お前は！」

「す、すみません……」

年配の男性が、気弱そうな青年を怒鳴りつけている。

おそらく怒鳴りつけている人がここの工房主――親方だろうな。

「錬金術師のくせに、基本スキルの【錬金術（れんきんじゅつ）】もろくに使えないなんてな……！　お前のような無能は、今日でこの工房を追放だ……！」

「そ、そんな……！　そこをなんとか……！」

「うるさい、話は終わりだ。出ていけ！」

しょぼくれた顔で、フォックスと呼ばれた青年は扉から出ていこうとする。

僕はその光景を見て、かつての自分の姿と青年を重ねてしまい、嫌な記憶を思い出す。

ちょっと前、僕も同じように無能だと罵（ののし）られて、ナメップにパーティ追放を言い渡されたっけ……

だからなのか、フォックスを他人とは思えない。

確かに、当時の僕は何も知らないままだった。

だけど仲間から裏切られて見捨てられるのは、想像以上につらかった。

僕はたくさん努力していたつもりだったし、本当に悔しかった。

きっと、今出ていった彼も、同じような思いをしているだろう。

そう考えると、僕はいてもたってもいられなくなった。

「ちょっと待ってください。彼を追放するのを考え直してはくれませんか？」

僕は年配の男性に詰め寄った。

男性は怪訝な顔を僕に向けてきて、面倒くさそうに言った。

「なんだいあんたは？　これはうちの問題なんだ。勝手に口を出さないでもらえるか」

「僕は勇者として派遣されてきた、アレンと申します」

「勇者……？　ああ、あんたが例の……だけどな、あんたが勇者だろうがなんだろうが、もう決まったことなんだよ。俺だって、これでも大目に見てやってきたんだぞ？　雑用をやらせたりして、なんとかあいつを使えないか試したんだ。だけどな、さすがに【錬金術】も使えないようなやつをいつまでも置いておけるほど、うちも儲かっていないのさ」

「それはそうかもしれませんが……でも……」

「とにかく、事情も知らないのに口を挟まないでくれ。わかったら、さっさと勇者としての仕事にとりかかってくれ。うちも暇じゃないんでね」

これ以上話す気はないとばかりに男性は会話を打ち切った。

ダメだな、これは……

このままこの人と話をしていても、何も解決しないような気がする。

それに、さっき死にそうな顔で出ていったフォックスのことがやっぱり心配だ。

あのままじゃ、何をしでかすかわからないぞ……

行き場を失って、途方に暮れて、今頃身投げでもしようとして橋の上にでも立っているかもしれない。

追放されたことのある身として、僕はフォックスの胸の痛みが手に取るようにわかった。

このまま彼を放っておくわけにはいかないな。

「よし、僕はフォックスを追いかける……ここはミネルヴァに任せていいかな？」

ミネルヴァは一瞬で僕の気持ちを理解したみたいで、二つ返事で了承した。

「うん、もちろん。工房でのお手伝いはひとまず私に任せて。アレンはフォックスを元気づけてあげて」

「わかった……！　すぐに戻るよ」

僕は工房の扉を開けて、外へ出ようとする。

すると、鳩が豆鉄砲を食ったような顔で、先ほどの年配の男性が驚いて叫んだ。

「おいおい、あんた勇者なんだろ⁉　どこへ行くってんだ⁉　仕事をしてもらわなきゃ困る！　こっちが国から怒られちまうよ！」

「大丈夫です、国にはあとで僕が説明しますから！　とりあえず、何かあったらそこのミネルヴァにお願いします！」

「あ、おい……！　ったく……最近の若者ってのは、どうもみんな自分勝手だよな……」

そんな言葉を背に受けつつも、僕は急いでフォックスを追いかけた。


フォックスは橋の欄干（らんかん）のそばで絶望的な顔でうなだれていた。

まさか、本当に飛び降りる気じゃ……⁉

僕は急いで追いついて、フォックスにタックルした。

「あぶなーい‼」

「うわ……!?」

飛びついた勢いのまま、二人して橋の上で倒れる。

彼は起き上がりながら、僕のことを怪訝な顔でにらんだ。

「な、なんなんですか……」

「自殺なんて、早まった考えはやめるんだ！」

僕が必死に呼びかけると、彼はますます意味が分からない様子で眉をひそめる。

「は、はぁ……？　僕はそんなこと考えてませんよ……！」

「え、そうなの？」

どうやら早とちりをしたのは僕のほうだったみたいだ。

二人とも起き上がって、改めて落ち着いて話をする。

「ただちょっと、風に当たりたかっただけです。この橋の上で考え事をしていただけですよ」

「そっか、そうだったのか……ならよかった……いや、よくない。君は工房を追放されたんだから……」

「どうしてそれを……」

「あ、自己紹介がまだだった。僕はアレン。勇者として錬金術工房に派遣されてきたんだけど……ちょうど工房に行ったら君が追放されるところだったから。それを見てしまった以上、もう放っておくわけにはいかなくてね」

「あなたが……勇者……話には聞いています。だけど、どうして勇者さんが僕なんかを追いかけて？　僕は親方の言った通り、【錬金術】の使えない無能なんです。だから、追放されても仕方のない人間なんだ。もう僕のことは放っておいて、工房に戻ってください。あなたは工房に派遣されてきたんでしょう？」

　フォックスは暗い顔をして自嘲した。

　その顔を見てしまったら、ますます帰るわけにはいかない。

　追放されて仕方ないって自分で言っているけど、すごく落ち込んでいるし、本当は納得していないはずだ。

　それに、この世の中に追放されて仕方のない人間なんていない。

　どんな人間も、きっと誰かが必要としてくれるはずだ。

　必要のない人間なんていない。

　少なくとも、僕はそう信じたい。

　かつての僕がそうだったように、フォックスにもまだ自分でも気づいていない才能があるはずなんだ。

「僕でよかったら、君の力になりたいんだ」

「どうして見ず知らずの僕にそこまで？」

　フォックスは困惑した様子でそう聞き返した。

「実は、僕も昔、パーティを追放されたことがあるんだ……」

「え……勇者さんが……？」

「そうだよ。僕がまだ勇者になる前の話だけどね。まあ、恥ずかしい話だけど、僕は何もできない非力な存在だったんだ」

「信じられない……勇者になるような人が、そんなこと……」

「でも、本当の話だ。僕はいくら努力しても報われなかった」

「僕も……同じです……」

「一時は僕も、自分には何も才能がないんじゃないかと落ち込んだ。だけど、それは僕が自分の可能性に気が付いていないだけだったんだ。だから大丈夫だよ。君にも才能が隠れているはず。まだ誰も気づいていないだけなんだ」

「そう……なんですかね……そう言ってもらえるのはありがたいですけど……」

「とにかく、話を詳しく聞かせてくれないかな？　これから何ができるか、一緒に考えたいんだ。追放を取り消してもらえるようになればいいんだけど……」

僕の話を聞いて、フォックスも少し心を開いたのか、ぽつりぽつりと自分のことを語り出した。

「わかりました。そこまで言ってもらえるなら……ありがとうございます、勇者さん。こんな僕のために、なんとかしようとしてくれて」

それから、僕たちは落ち着いて話せる場所に移動することにした。

外は風が吹いていて、少し肌寒いしね。

僕たちは近くにあったカフェへ入って、それぞれに飲み物を頼んだ。

椅子に座ってゆっくりできる体勢になってから、フォックスは改めて話をしてくれた。

僕は気になっていることを彼に尋ねる。

「それで、さっきも言っていたけど、錬金術師なのに錬金術が使えないっていうのは、どういうことなのかな？」

錬金術師であるならば、『錬金術』のスキルツリーを持っているはずだ。

そのスキルツリーには、最初に覚えるスキルとして【錬金術】が設定されている。

だから、錬金術師であれば、必ず【錬金術】は使えるはず……

だけど彼にはそれが使えない。

だからこそ、彼は無能だと追い出されてしまったわけだけど……そんなことって、ありえるのかな。

僕でたとえるならば、付与術の使えない付与術師になるわけだけど、パーティを追放された当時の非力な僕でさえ、初歩的な付与術は扱えていた。

それすらもできないとなると、何か特別な原因があるはずだ。

そしてそれを解決できれば、工房に戻れるかもしれない。

「実は、僕にはそもそも、錬金術のスキルツリーがないんです……」

「え……？　それは、どういうこと？　職業は、錬金術師……なんだよね？」

錬金術師なのに錬金術のスキルツリーがないなんて、意味がわからない。

「はい。一応職業は錬金術師ってことになっています」

フォックスはステータスを開いて、職業の欄を見せてくれた。

そこには確かに、『職業：錬金術師』と表示されている。

「神殿の神官さんも、普通はありえないと言っていました。だけど、事実として僕には錬金術のスキルツリーがない。だから、錬金術が使えない。本当に、僕には才能がないんです……」

「待って、じゃあ君はスキルツリーを一つも持っていないってこと？」

「いえ。代わりに別のスキルツリーがあります。だけど、それは……なんというか……とても使い物にならないようなスキルツリーでして……」

「見せて」

彼が持っていたのは、『創造術（そうぞうじゅつ）』というスキルツリーだった。

そんなスキルツリーは、見たことも聞いたこともない。

普通なら錬金術師が持っているスキルツリーは、錬金術のスキルツリーのみだ。

しかし彼はどういうわけか、錬金術のスキルツリーを持っていなくて、その代わりに、創造術という謎のスキルツリーを持っている。

「これは、どういうスキルツリーなの？」

「何か、ものを作り出せるスキルを覚えるようなんですけどね」

興味をそそられて尋ねると、フォックスは恥ずかしそうにそう答えた。

「おお、それはすごいじゃないか！」

「いえ、それが、ツリーの最初にあったのが、石を作り出すというだけのスキルなんです」

そう言って、彼は手のひらを広げてスキルを使う。

「【クリエイトストーン】！」

彼の手のひらの中に、どこからともなく一つの小さな石ころが現れる。

まるで手品みたいだ。

「おお……！」

彼はなんでもないことのように言うけど、これだって立派なスキルのような気がするけどな……

だって石ころとはいえ、無から有を生み出すって、結構すごいことじゃないか？

「石ころなんて生み出せても、なんの得にもなりませんよ……錬金術師なのに錬金術を使えないんじゃ、仕事になりませんからね……なんで僕だけこんなスキル……本当に、運が悪いというか、才能がないというか……」

フォックスはがくりと肩を落とす。

「待って、そのスキル以外には何かないの？　スキルツリーの他のスキルは？」

「それが、二個目のスキル以降は全部、スキル名が【？？？】となっていて、そもそも読めないんです。それに、そのスキルを覚えるのに必要な魔力が10万って、とんでもない数値なんですよ。そんな大量の魔力、一生かかっても溜められそうにない。めちゃくちゃなんですよ、このスキルツリー。名前もわからない、どんなスキルなのかもわからない、そんなスキルを覚えるのに必要な魔力が10万って……これって何かの罰ゲームですかって感じですよね」

必要な魔力が10万……しかも、スキルの名前が【???】で、どういうものなのかわからない。

それって、どこかで聞き覚えがある話だけど……

僕はなんだか、自分のことを思い出して、ますます彼が他人とは思えなくなっていた。

「ちょっと待って……もしかしてそれ、ユニークスキルかもしれないよ……?」

「え……? ユニークスキル……? まさか、僕にそんな才能があるわけ……」

「実は、僕も同じようなことがあったんだ」

「え……」

僕は、自分が【レベル付与】のスキルを覚えたときの話をした。

「まさか、そんな……だけど……10万もの魔力を得るなんて、現実的じゃありません」

「そうだな……それについては、僕が力になれるかもしれない」

「え……」

僕には最強の付与術がある。

彼に10万の魔力を付与することは簡単だ。

でもその前に、工房に戻るには錬金術の会得が必要だと思う。

だから先にそっちを解決しよう。

「君は錬金術を使えないから追放された。だけど、もし錬金術さえ使えたら、きっと親方は認めてくれるよね」

「まあ、たぶんそうだろうとは思いますけど……でも、無理ですよ。そもそもスキルツリーがないんじゃ……僕も一応、いろいろ考えたんですよ。一度他の職に転職して、再度錬金術師に転職する。そうすればちゃんとスキルツリーを得られるかもしれない、ってね。だけど、神殿に行って転職するにはお金がかかります。特に錬金術師への転職となるとかなり高額です。もう一度転職費用を捻(ねん)出(しゅつ)するなんて、とてもじゃないけど……」

「まあ、待って。要は、スキルツリーがあればいいんだよね」

「ええまあ」

「だったら僕に任せてよ。僕の付与術でなんとかできる」

それを聞いて、フォックスは首を横に振る。

「いやいや、待ってくださいよ……付与術で何ができるんです？　そもそも付与術は一時的なものでしょう。スキルツリーをどうにかすることなんて……」

それが、僕にはできるんだなぁ。

「実はね、僕の付与術は永続するんだ」

「まさか……そんなわけ……僕をからかうのはやめてください……って、え……？　本当なんですか……？」

僕の真剣なまなざしに、ようやく彼も少しは信じる気になったようだ。

「で、でもスキルツリーは……」

「それもできるんだよ。僕には【スキルツリー付与】というスキルがある」

「【スキルツリー付与】……!?　な、なんです？　それ……」

「文字通りだよ。新しくスキルツリーを付与できるんだ」

「そ、そんな馬鹿な……！」

「まあ、実際に見てもらうしかないね」

僕はフォックスに向けて、付与術を放つ。

「えい！【スキルツリー付与】……！　錬金術のスキルツリーを、対象――フォックスに付与！」

「うわ……！」

一瞬フォックスがまばゆい光に包まれた。

よし、これで彼にはスキルツリーが付与されたはずだぞ。

「ステータスを見てみて」

僕に促され、フォックスがスキルツリーを確認する。

「うわ……！　す、すごい……！　本当にスキルツリーが増えている……！」

フォックスのスキルツリー一覧には、創造術と錬金術のスキルツリーが並んでいた。

「じゃあさっそく、【錬金術】を会得してみてよ」

「は、はい！　わかりました！」

フォックスは余っていた魔力を注ぎ込み、スキルツリーから【錬金術（初級）】を会得する。

「うわぁ……すごい、本当に、この僕が錬金術を……！　ありがとうございます、勇者様。もう、なんと言ったらいいか……」

「これでなんとか親方にも認めてもらえたらいいんだけどね……ねえ、試しに錬金術を使ってみてよ」

「そうですね。やってみましょう」

錬金術を行うには、錬金窯か、もしくは錬金術のスキルが必要になる。

錬金窯さえあれば、錬金術師じゃなくても錬金術を行うことが可能だが、品質や自由度は落ちる。

フォックスは先ほど創造術で生み出した石ころをテーブルに置いた。

「試しに、この石ころを使ってマジックアイテムを作ってみようと思います」

「うん、それはいいね」

マジックアイテムは、装備することでいろんな効果が得られる特殊なアイテムだ。

錬金術を使えば、ただの石ころが立派なマジックアイテムになったりする。要は、アイテムに魔法効果を付与するっていう感じだね。

僕らはそれを錬金術と呼ぶ。

まあ、僕も【無生物付与】で似たようなことができるけど、その性質は少し違う。

「えい！【錬金術】発動……！」

フォックスが【錬金術】のスキルを発動させると、なんの変哲もない石ころが光り輝いた。

そして、磨かれた綺麗な丸い石に変化した。

「なんの効果を付与したの？」

「一応、運が上がる効果を。これまで良いことがなくて不幸続きでしたから、願掛けもかねて、最初に作るものは運のアイテムがいいかなって」

「それは良いアイデアだね」

「記念に、このアイテムはずっと持ち歩くことにします」

フォックスは嬉しそうに、完成したアイテムをポケットにしまった。

「よし、これで君は名実ともに立派な錬金術師だ。今の術を見せれば、さすがに親方も認めざるを得ないだろう。それに君の場合は、素材となる石も無から生み出してるわけだし、案外これってすごいことなんじゃないかな？」

「そうですかねぇ……そうだといいんですが……」

「じゃあ、次はさっきの【？？？】っていうスキルを解放してみようか」

僕の見立てでは、フォックスの言う【？？？】はユニークスキルだと思うんだけど……はたしてどうだろうか。

いったいどんなスキルを会得できるのか、僕も気になっていた。

「でも、１０万もの魔力……どうするんですか……？」

「大丈夫、それは僕が付与でなんとかするよ」

「そんなことができるんですか⁉」

驚くフォックスに、僕は魔力を付与していく。

「いくよ。【魔力強化（強）】――‼」

何度も魔力強化を重ね掛けすると……あっという間に、フォックスの魔力が１０万を超えた。

「すごい……本当に……」

「じゃあさっそく、さっきのスキルを解放してみてよ」

「そ、そうですね。やってみます」

フォックスはスキルツリーを開いた。

？？？　必要魔力：１０万

フォックスが魔力を使用してスキルを解除すると、スキルはその真の名を現した。

フォックスのスキル一覧には、【万物創造(ばんぶつそうぞう)】と書かれていた。

「なんだ……これは……？」

「とりあえず、それも使ってみようよ」

「そうですね……えい、【万物創造】！」

すると、フォックスの目の前に一個の大きなケーキが現れた。

「ケーキ……？　なんでケーキが……？」

「なんででしょう……今ケーキが食べたいと思ったからかな……？」

フォックスのお腹がぐうと鳴った。

もしかして、このスキルは彼が想像したものを生み出すスキルなのか……？

「ちょっと待って、もう一回使ってみてよ。今度は別のものをイメージしてみて」

「は、はい……！　【万物創造】……！」

すると、今度は綺麗な宝石がテーブルの上に現れた。

「すごい！　想像した通りのものだ……！」

「待って……このスキル、めちゃくちゃすごいんじゃないか!?　想像したものが、なんでも手に入るってことでしょ……⁉」

「そうなのかもしれません……どうしよう……俺にこんなスキルが……」

　こんな規格外のスキル、僕も初めて目にした。

　しかも、そんなスキルを持っているのがフォックスだなんて。

　やはり彼には信じられないような才能が眠っていたということだ。

「すごいよ、フォックス！　君は天才だ……！　このスキル、錬金術師とめちゃくちゃ相性が良いんじゃない？　好きなアイテムを創造して、錬金術でそれに魔法効果を付与すれば、無限の可能性が広がるよ！」

「本当ですね……！　本当に、すごい力だ……まさか僕にこんなスキルがあったなんて……勇者さん、あなたの言った通りでした……ありがとうございます」

「いや、これはまさしく君の才能だよ！　僕は少し手を貸しただけだ。よし、これならきっと親方も文句は言わないよ！」

「そうですね……！」

「よし、工房に戻ろう！」


　僕たちが工房に戻ると、そこでは多くの錬金術師が忙しそうにてきぱき仕事をしていた。

　だけど、みんなどこかちょっと変だ。

異常なまでに動きが速いし、重い荷物を運んでいても楽しそうにしていて、不気味な感じすらする。

親方は僕が戻ったことに気づくと、笑顔で近寄ってきた。

「おお、勇者様。戻ったんですか」

さっきはあまり歓迎しているような態度じゃなかったけど、どういうわけか今はとてもフレンドリーに話しかけてきた。

僕は奇妙に思って、ミネルヴァのほうを見る。

「ミネルヴァ、これは……？」

「ああ、アレン。おかえり。錬金術師のみんなに、私が付与術をかけたのよ。【魔力強化】と、【攻撃力強化】、それから【敏捷強化】と【身体能力強化】。あとは少しだけ――【恍惚感付与（こうこつかんふよ）】をね」

ミネルヴァはいたずらっぽく笑った。

【恍惚感付与】……なんなんだ、それは……

僕はまだ会得してないスキルだけど、そんなものがあったなんて……

道理でみんな、浮かれた表情をしているわけだ。

それに、まるで神様を見るかのような目つきでミネルヴァのほうを眺めている。

もしかして、【魅了付与】もしているんじゃ……？

「いやぁ、ミネルヴァさんはすごいですよ！　おかげ様で気分よく仕事ができています。【敏捷強化】ですばやく動けるし、【身体能力強化】でこの通り、重い荷物も楽々だ！　さすがは勇者様の彼女だ！　これなら、毎日来てもらいたいくらいだよ」

親方はそんなふうにミネルヴァを褒めた。

どうやらミネルヴァは、僕がいない間も立派に仕事をこなしていたみたいだね。

本当に、さすがは僕の彼女だ。

すると僕の後ろから、恐る恐るといった様子でフォックスが顔を出した。

親方はフォックスに気が付くと、急に顔を怖くした。

「おいおい、こいつはどういうことなんだ!?　お前は追い出したはずだぞ。それがなんでこんなところにいるんだ？」

フォックスを追い払おうとする親方を遮り、僕は進言する。

「待ってください。彼は錬金術を使えます！」

「何ぃ……？　それは、本当なのか？」

疑いの目を向ける親方に、フォックスがさっきの石ころを見せる。

「はい、本当です。これは僕の作ったマジックアイテムです」

「ううむ……あの落ちこぼれがか？　にわかには信じられないが……よし、試しに今ここで見せてみろ」

「はい」

親方は箱の中から宝石を一つ取り出すと、フォックスに手渡す。

「この宝石に、何か魔法効果を付与してみろ。それができたなら、お前を錬金術師だと認めてやろう」

「はい……！　えい……！　【錬金術】――！」

するとフォックスはあっという間にマジックアイテムを完成させた。

「すごい……本当にできているじゃないか……どういうことなんだ？」

「これはすべて、勇者さんのおかげです」

「そうか……勇者様は本当にすごいんだな……ありがとうございます、この無能を一人前の錬金術師にしてくださって。勇者様のおかげです」

親方とフォックスは揃って僕に深々と頭を下げた。

「いやいや、僕は何も。フォックスはもともと、才能があったんですよ。その証拠に、誰にも使えないユニークスキルも持っている。ただ少し、運命のいたずらでスキルが使えなかっただけです。でも彼は誰にも負けない錬金術師になると思います。彼はこれまでも、まっすぐに努力をしてきました。だから、工房に戻らせてあげてください」

「もちろんです、勇者様。錬金術が使えるのなら、錬金術師と認めないわけにはいかない」

親方から言質がとれると、フォックスは飛び跳ねて喜んだ。

「やった……！　ありがとうございます、親方」

「よかったね……！」

フォックスには、創造術という他の誰にも使えない素晴らしい才能があった。

だけど錬金術が使えないというだけで、錬金術師にはふさわしくないと、追放されてしまった。

それって、とてももったいないし、不公平なことだと思う。

フォックスは何も悪くない。

ただ、たまたま何かの間違いで、錬金術師のスキルツリーを持っていなかっただけだ。

それだけで、いくら努力をしても錬金術師になれないなんて、おかしいと思った。本当は、彼には創造術という才能があって、それはうまく活かせれば、錬金術師として役に立つ能力なのに……

だから、僕は彼に力を使った。

錬金術が使えるようになって、フォックスは親方に認められた。

本当に良かったと思う。才能があってもなくても、無能な人なんて本当はこの世にいないんだ。

みんな、何かきっかけがあれば、きっと素晴らしいことが成せるんだ。

僕はそう信じている。


後年、フォックスは唯一の才能である創造術を、錬金術と組み合わせて、世界で最高クラスの大錬金術師へとなり上がっていく。大錬金術師フォックスといえばその名を知らない人はいないというほどに……だがそれは、また別のお話である。

6　エルフの里

錬金術工房での仕事を終えた僕らは、お城に戻ってきて一呼吸ついた。

ハルカさんが紅茶を淹れて、クッキーを出してくれた。

「ふぅ……やっぱり我が家は落ち着くなぁ……」

最初はあまりにも広くて落ち着かないと思っていたけど、住めば都ってこういうことなんだね。

今ではすっかり、このお城がどこよりも落ち着く場所になっていた。

僕は紅茶を飲みながら、ハルカさんに尋ねる。

「それで、ハルカさん、次の依頼は？」

「そうですね……次は、エルフの里へ行ってもらう予定になっています」

「エルフの里……？」

エルフといえば、森の中に住んでいて、滅多に人前には姿を現さないことで知られている。

魔法が得意で、植物と知識を愛する高貴な種族でもある。

そんな種族が勇者に助力を求めるとは、珍しい。

「それが今、エルフの里は大変な危機に瀕しているそうなんです……それで、ぜひ勇者様に来てほしいと」

「エルフの里が危機……何があったんだろう？」

「詳しくは現地で、とのことです」

「よし。じゃあさっそく、これを食べ終わったら行ってみよう」

僕は急いでクッキーを紅茶で流し込んだ。

◇

エルフの里は、森の奥深くにあった。

そこへの行き方は、普通の人間には知られていない。

エルフとしては森の中でひっそりと暮らしたいようで、多くの人間に場所を知られるわけにはいかないらしい。

僕たちはエルフの案内人に従って、森の中へ入っていった。

「本当にこんなところに、エルフの里があるのかしら……？」

ミネルヴァが怪訝な顔をする。

彼女が不思議に思うのも無理はない。

さっきから、森の中があまりにも暗すぎる。

ほとんど日光が入ってこないほどの深い森の中。コウモリが飛んでいたりして、すごく不気味な気配がする。

もはや今が、昼なのか夜なのかもよくわからない。

木の形もなんだか不気味だし、お化けでも出てきそうだ。

とてもじゃないけど、エルフたちが住んでいるような、明るい雰囲気はない。

それになんだか、森全体が元気がないような気がする。ただ光がなくて暗いだけじゃなくて、気持ちまで沈んでしまいそうだ。

しかし、しばらくそんな森を行くと、突然開けた場所に出た。

ぱあっと明るく、柔らかい日光が差し込む。

森の中にすごく広い空間があって、そこに木造の家が何軒も立っている。

「わぁ……」

「こんなところにエルフの里があったなんて……」

僕とミネルヴァは思わず感嘆の声を漏らした。

広場の天井は木々で覆われて、ドーム状になっていた。

草木が生い茂った天井から、ところどころ木漏れ日が差し込んでいる。

広場の中央には、ひときわ大きな大木が鎮座していた。

まるで世界の支柱とでもいうように、大きな幹が天まで伸びている。

おそらくそれは、エルフたちにとって象徴的なものなのだろう。

家々は大木を囲むように並んでいる。

ツリーハウスのようになっている家、大木から吊り下げられている家、大木の幹をくりぬいて作られた家など、その形は様々だ。

広場の面積に対して、かなり多くのエルフが住んでいるという印象を受けた。

まさか森の奥深くに、これほどまでに発展した場所があったとは。

市場もあるようで、多くのエルフたちが行き交い、活気のある空気が流れている。

さっきまでとは打って変わって、一気ににぎやかになったけれど、不思議と木々は元気がなさそうだ。

僕たちがキョロキョロと興味深く周りを眺めていると、一人の男性が奥から歩いてきた。

男性は非常に整った顔をしていて、この世のものとは思えないほどの雰囲気をまとっている。

「やあ、あなたが勇者様か」

「そうです。勇者のアレンです。こっちはミネルヴァ」

「エルフの里にようこそ。私はこの里の長である、ウィンストンだ」

ウィンストンはそう言って僕らに握手を求める。

「よろしくお願いします……長なのに、お若いんですね」

「はは、私はエルフだからな。こう見えて、七百歳だ」

そう言って、ウィンストンは小さく笑った。

「えぇ……!?　そんなに……!?」

「ああ、エルフは長生きなんだよ。それにみんな、見た目は青年期からあまり変化しない。若い見た目のまま千年ほど生きて、死ぬんだよ」

「そうなんですか……」

それって、どういう人生なんだろうか。

なんだかまったく別の生き物っていうことを実感して、不思議な感じだ。

僕はそれほど長くは生きたいと思わないかもしれない。でもミネルヴァが一緒なら、長生きも悪くないかもな……？

ついそんなことを考える。

「立ち話もなんだ。私の家に案内しよう」

「はい、お願いします」

ウィンストンが僕たちを招いてくれるみたいだ。

彼の家へと移動しようとしたそのとき――道の向こうから、エルフの若者の集団が歩いてきた。

現れた集団は、エルフの聡明（そうめい）なイメージとはかけ離れたヤンチャな見た目をしていた。

肌を露出して髪を逆立て、目つきも鋭いし、何かに怒っている様子だ。

彼らは僕たちの目の前で立ち止まると、にらみつけてきた。

「おいおい、人間様が俺たちエルフの里になんの用なんだ？　族長、あんたは正気か……？　人間をこの里に入れるなんてよぉ。森が穢れたらどうするんだ。こんなやつら、さっさと追い出してくれ」

どうやら、あまり歓迎されてないようだ。

しかしウィンストンは彼らを無視して、歩き続けた。

男たちは無視されたことに腹を立てて舌打ちをしていたが、それ以上何かを言ってくるわけでもなく、そのまま去っていった。

ウィンストンは申し訳なさそうに僕たちに謝罪する。

「すまない、彼らも気が立っているんだ。本来はいいやつらなんだがな……あれも森を思ってのことだ。許してやってほしい」

「わかります。気にしませんから」

「それは助かるよ」

エルフというのは、話に聞く通り、かなり排他的な種族みたいだ。

人間を嫌っているわけではないらしいのだが、森が穢れることを非常に恐れるのだという。

エルフにとっては森を守ることこそが自分たちの使命であり、森はエルフたちの命そのものでもあるのだ。

しばらく歩いて、ウィンストンの家に着いた。

彼の家は里で一番大きな木の根本にあって、大木の幹がそのまま壁として使われている。

大木は湖のような太さで、どこまでも高く伸びていた。

家の中に入った僕たちは、木でできたテーブルに腰かけて話を始めた。

ウィンストンの奥さんが、紅茶を淹れてくれた。

「それで、困っていることというのは？」

「実は……この『世界樹(せかいじゅ)』のことなのだ」

ウィンストンは、家の壁をぽんぽんと叩きながらそう言った。

「世界樹……？」

「そう。この里で一番大きなこの木は、世界樹という種類の木でね。我々エルフの命の源なんだ。我々の生命エネルギーや、食料、水なんかはすべて、この世界樹によってもたらされている」

「じゃあ、本当に大切な木なんですね……」

「そうだ。我々の使命は、この森と共に世界樹を守り、維持していくこと……だが、君も気づいただろう。最近、この森は元気をなくしていてな……そしてこの世界樹も、枯れかけている」

「原因は……わからないんですか？」

僕の問いに、ウィンストンは首を横に振る。

「ああ、それがわかれば我々で対処している。しかしどうにもならないから、仕方なく君たちに縋るしかなかったんだ。本来であれば、エルフの里に他種族を招き入れるのはよくないこととされているからね。それに、おそらくではあるが……森の不調は人間による環境汚染が原因ではないかと、私は思っている……」

「そうなんですか……じゃあ、依頼は世界樹とこの森を元気にしてほしいってことですね？」

「そうだ。このままだと我々エルフの里は、森と共に消滅してしまう。頼む！　なんとかあなたたちの力でこの森を豊かにしてくれないだろうか……！」

ウィンストンは深く頭を下げた。

「わかりました。やってみましょう」

そういうことなら、僕の【レベル付与】が役に立ちそうだね。

だけど問題は、何にレベルを付与すればいいかだ。

単純に世界樹に【レベル付与】をしてもいいだろう。

だけど、いきなり世界樹をレベルアップさせてさらに巨大化したら、その周囲にある家が巻き込まれてつぶれちゃうんじゃないだろうか。

それはよくない。

だったら、家にも【レベル付与】を……？

いや、それだと逆に大きくなった家と木々が干渉し合ってしまうかもしれない。

じゃあ、エルフの里全体に【レベル付与】をするのはどうだろう。

待てよ……里全体っていうんなら、いっそ森全体に【レベル付与】をしてしまえばいいんじゃないか？

そもそもそんなことができるのか、わからないけど……

僕の付与術がいったいどの程度の範囲のものにまでかけられるのか、自分でもまだ把握しきれていない。

前に、家に【レベル付与】をしたときは、その中にあった家具までまとめてレベルアップしていた。

ってことは、森全体をレベルアップさせれば、それに内包される世界樹や里の家も、いい感じになるかもしれない。

よし、それでいこう。

思いついたら行動、物は試しだ。

僕はさっき通ってきた道を頭の中で思い描き、森全体の風景をイメージした。

「えい……！　【レベル付与】……！　……を森へ！　じゃあ、ミネルヴァ。レベルアップをお願い」

「うん。【経験値付与】！」

名前　エルフの森
レベル　1　↓　100
広さ　100　↓　10000
健康度　10％　↓　1000％
寿命　1000年　↓　1000000年

森をレベルアップしてみたものの、室内の様子に変わりはないみたいだ。

様子を見るために、僕たちは一度外に出てみた。

すると、家を出て森を一目見た瞬間、ウィンストンの顔色がぱあっと明るくなる。

「こ、これは……！　すばらしい……！　木々が喜んでいるのがわかる！　なんとも力強い緑色だ！　こんなに元気そうな木々は見たことがない……！」

言われてみると、先ほどよりも森全体が活気づいているのがわかる。

不思議と、鳥たちのさえずりも明るく聞こえる。

「よかったです……確かに森は元気になりましたね」

ステータスを見ると、森の「広さ」の項目も変わっているから、おそらく森全体の面積が増えているのだろう。

中にいるとよくわからないけど、街の領域にまで森が浸食していたら大変だ……いやいや、さすがにそんなことはない……よね……？

まあ、森の周りは草原が広がっていたから、たぶん大丈夫なはずだ。

だけど、この結果は僕の予想とは違っていた。

森をレベルアップさせれば、それに付随する家や世界樹にも変化があると思っていたのだが……

世界樹だけは、相変わらず元気がなさそうだ。

家具は家に包含されているという扱いだったけど、世界樹はどうやら森とは別の枠組みらしい。

それならそれで、世界樹にも【レベル付与】をすればいいだけの話だ。

周囲の家が巻き込まれるかもしれないというリスクを伝えた上で、世界樹を大きくしてもいいか、ウィンストンに尋ねると、彼は承諾してくれた。

彼らにとっては何よりも世界樹が優先らしい。

許可が得られたので、僕は世界樹にも【レベル付与】をかけた。

「えい！　【レベル付与】！　ミネルヴァ、お願い！」

「うん、【経験値付与】！」

名前　世界樹
レベル　1　↓　100
サイズ　100　↓　10000
魔力　1000000　↓　1000000000
健康度　10%　↓　1000%
寿命　10000年　↓　1000000年

すると周囲が大きく揺れ、そのあと一瞬にして世界樹のサイズが変わった。

世界樹はただでさえ巨大だったのに、そこから二回りほど大きくなったのだ。

それにともなって、周りの家の位置もずれている。

よかった、どうやら周りの家や木は移動させられるだけで、押しつぶされたりはしないようだ。

仕組みはよくわからないけれど、僕の能力で大きくなったものは、元の空間を上書きして埋め尽くすわけではなく、空間そのものを引き伸ばして割り込むような動きをするみたいだ。

とにかく【レベル付与】によって家屋や周辺環境に被害が出ないなら安心だね。

大きくなった世界樹は、一目でその全体を捉えられないほどまでの規模になっている。

前までは見上げるとギリギリその頂点が見えていたが、今ではどこまで高いのか、もはや目視ではわからなくなっている。

これ……ここまで大きくしてよかったのだろうか……？

肝心の世界樹の状態だけど、かなり色や艶がよくなった気がする。前よりも瑞々しく、より青々としている。

その様子を目の当たりにしたウィンストンは、感動のあまり涙を流して世界樹を拝みだした。

「す、素晴らしい……なんということだ……我々の世界樹が、かつてここまで成長したことがあっただろうか……これは我々エルフにとっての悲願。叶わぬはずの夢だ……！　これだけの世界樹があれば、我々エルフの繁栄は永遠のものと約束されたも同然だ……！」

そして、いきなり世界樹が大きくなったことに驚いた里のエルフたちも、家から出て集まってきた。

「なんだなんだ……？　いったい何が起こったんだ……？　昼寝をしていたら大きく揺れて驚いたが、俺の家が移動したみたいだぞ……？　って……なんだこの世界樹は……!?」

エルフたちは皆、最初は世界樹や森の様子に戸惑っていたが、状況を呑み込むと、ウィンストンと同じように拝みだした。

「世界樹万歳……！　世界樹万歳……！」

どうやら喜んでもらえたようでよかった。

それにしても、まさかここまで世界樹が大きくなるなんて……

ウィンストンが僕の手をとって、感謝の念を伝えてきた。

「ああ……本当に……あなたはすばらしい勇者だ。世界樹をここまで大きくしてくれた。あなたはエルフの救世主だ！　我々エルフの間で、永遠に語り継がれるだろう」

「そんな……大げさな……」

「いや、大げさではない。これだけの資源があれば、我々エルフはさらなる発展を遂げるだろう。この世界樹さえあれば、ほんの数年のうちに我々は数倍の規模に増えるはず。絶滅の危機に瀕していたエルフにとって、これがどれほど大きなことか……！　おそらくこの世界樹の噂を聞けば、森を追いやられた他のエルフたちもやってくるだろう。彼らを受け入れることができれば、まさにここはエルフの楽園になる！」

ウィンストンは僕まで拝みそうな勢いだ。

しかし、僕にはまだ試してみたいことがあった。

「これから仲間が増えるとしたら、住む家が足りませんよね？　それに、今のままだと世界樹の外周が長すぎて、家と家との間隔がかなり離れてしまっています」

「ああ、そうだな。新しく家を建てたり、里全体の再開発をせねばな……」

「それ、僕に任せてもらっていいですか?」

「も、もちろんだが……さらに何かやってもらえるのか?」

「はい」

僕は次に、エルフの里に【レベル付与】をすることにした。

「えい!【レベル付与】! ミネルヴァ、お願い」

「えい!【経験値付与】!」

名前　エルフの里
レベル　1 ↓ 100
居住可能　1000 ↓ 100000
快適度　100 ↓ 10000
繁栄度　100 ↓ 10000

「おおおおおお……⁉　なんだこれは……⁉」

ウィンストンが驚きの声を上げた。

一瞬にして、エルフの里の風景がガラッと変わっていた。

これまでは手作り感のある住居が並んでいたが、今はどれも一流の職人が作ったかのような凝った意匠の綺麗な木造住宅に様変わりしている。

そしてその数も増え、村というよりも大都会と言ってもいい規模の巨大住宅地になった。

さらには街灯、ブランコ、井戸、イベントスペースなど、様々な便利な設備が追加されている。

エルフの里が、街や国と呼べる規模にまで発展していたのだ。

ウィンストンの家の中に入ってみると、ちゃんと家具も新調されていた。

「なんということだ……世界樹や森だけでなく、家までも……！　勇者様、あなたは大魔術師……いや、もはや神だ……！」

「いえいえ……大げさですって……」

ウィンストンだけでなく、里のエルフたちもみんな、目を丸くして驚いていた。

「俺のボロボロだった家が……！　まるで新築みてえに綺麗だ！」

「俺の家なんか二階建てだったのに、三階建てになっていやがる……！」

僕はエルフたちに囲まれて、何度も何度もお礼を言われた。

「勇者様、今日はぜひ泊まっていってほしい。里をあげて歓迎しましょう」

「えぇ、いいんですか？」

それから、里総出で宴会が始まった。

エルフたちは森の幸をふんだんに使った、美味しい料理をふるまってくれた。

その中でも美味しかったのが、『エルフ酒』という、エルフに代々伝わる特殊な製法のお酒だ。

ちなみに、その製法はエルフ以外には伝えられておらず、絶対に秘密なのだそうだ。

普通は人間の市場に流通させたりはせず、エルフの里だけで飲まれる、とても貴重なものらしい。

そんなエルフ酒を、僕たちはお土産にもいくつか持たせてもらった。

はじめて飲む味に、僕はメロメロになった。

ミネルヴァも満足そうだった。

「アレン、お料理もお酒も、とっても美味しいわね」

「うん、本当に。エルフの里って、本当に良いところだな」

普段、エルフの里に人間は来ない。だからこんな体験をしたのは、世界中の人間で僕たちだけだろうね。

それだけエルフたちの感謝の念が深かったってことかな。

エルフたちは夕食後に、代々伝わる踊りや歌を見せてくれたりもした。

それからあったかいお風呂をいただいて、ふかふかの布団で寝かせてもらった。

森の中は都会と違って静かで、空気も澄んでいて、よく眠れた気がする。

久しぶりにゆっくりして疲れが取れた。とても深い眠りを味わえて、毎日ここで寝たいくらいだった。


翌朝、僕たちはエルフの里を去ることにした。

「ありがとうございました。とても楽しかったです」

僕はウィンストンに挨拶をする。

「いやいや、礼を言うのはこっちのほうだ。エルフの救世主、アレンよ」

「はは、喜んでもらえたなら、僕にとってはそれが一番のお礼です」

僕たちが去ろうとしていると、昨日すれ違った若者エルフたちが、おそるおそるといった様子で近づいてきた。

例の、髪を逆立てていた不良エルフの連中だ。

彼らは申し訳なさそうにやってくると、僕に軽く頭を下げた。

「昨日はひどいことを言ってしまって、本当にすまなかった……！」

「え……？　いや、僕は全然気にしてないよ」

「この里が……いや、エルフが生き残れたのは、あなたのおかげだ……！　本当に感謝している。勇者アレン……！」

一人がそう言うと、不良たちは全員で深々と頭を下げた。

ウィンストンはそれを満足そうに見届けると、最後に僕たちにこう言った。

「勇者アレン。それからミネルヴァ。我々エルフは、あなたたちをいつでも歓迎する。もしまたこの近くに寄ることがあったら、いつでも里を訪ねてきてくれ。何年たっても、エルフ族はあなたたちを忘れない。未来永劫(みらいえいごう)、我々の子孫があなたたちを歓迎する」

「はは……ありがとうございます。まあ、僕たちよりエルフの皆さんのほうが長生きするでしょうけど……」

名残惜(なごりお)しさを覚えつつも、僕たちはエルフの里を後にした。

帰りの道は、来たときよりもかなり長い距離を移動した。

レベルアップした影響で、森自体が広くなったからだろう。

やっとの思いで森を抜けると、そこは来た時と変わらぬ草原だった。

【レベル付与】って便利だけど、なんだか不思議だよなぁ……

7　貴族

エルフの里での一件のあと、僕たちは改めて王様に呼び出された。

謁見の間に入ると、久しぶりにイリスさんとも顔を合わせる。

「お久しぶりです、アレンさん」

「どうも、イリスさん。お元気そうで何よりです」

「ところでアレンさん、ミネルヴァさんとの調子はいかがですか？」

「え？　まあ、仲良くやってますけど……」

「そ、そうですか。それは何よりですね」

僕の後ろにいたミネルヴァとイリスさんの間で、何かバチバチしたにらみ合いが発生したのは、気のせいだろうか……

すると、王様がこほんと咳払いして、話を切り出した。

「アレンくん、どうやら順調に勇者としての仕事をまっとうしてくれているようだな。私は本当に、国王として鼻が高いぞ。君の活躍はハルカから聞いている。今のところ、他国の勇者と比べても、ダントツで一番の活躍をしているようだ」

「それは、僕としても光栄です。ありがとうございます。うまくやれているのなら、よかったです」

「うむ、この調子でいけば、我がエスタリアが『勇者番付(ゆうしゃばんづけ)』で一番になること間違いなしだ……！」

勇者番付というのは、勇者の任期が終了したと同時に発表されるランキングらしい。

魔王のいない平和なこの時代、勇者というのは、五年に一度選ばれる国の広告塔のようなものだ。

各国の王に任命され、任期中は加盟国の勇者がそれぞれに活動する。

その中で一番の活躍を見せた勇者に、ナンバーワンの称号が贈られるのだ。

勇者番付は、各国の王家とは関係のない第三者機関である『勇者機関(ゆうしゃきかん)』が主導して決定する。

そしてこのランキングは、国同士の政治的な力関係において、かなりの影響力があった。

勇者機関の元となる組織は、この世界で広く信仰されている宗教――エルムス教の教皇が関係している。

さらには冒険者が転職するときに訪れる、『神殿』も、勇者機関に加わっている。

そのため、勇者機関から認められることはそれだけで名誉であり、様々な利権にもかかわってくるそうだ。

そして勇者の強さや活躍度合いは、そのまま国の力や威信を示すことにもなる。

ここで一位になれば、エスタリア王国は今後五年間、他国に対してかなり有利な立場をとれるようになる。

そう考えると、僕ももっと気を引きしめていかなきゃなぁ。

「そこで、次の仕事なのだが……これが少々厄介な依頼主でな。君には少し迷惑をかけることになるかもしれん……そんなわけで、こうして改めて、私からお願いしようというわけだ。面倒を押し付けているのはわかっている。だがここは勇者として、一つ呑み込んでくれんか？」

王様は申し訳なさそうに頭を下げた。

一国の王様にそこまで深々と頭を下げられると、いくら僕が勇者という立場でも、逆に恐縮してしまう。

「あ、頭を上げてください……まあ、僕はどんな厄介な仕事でも、勇者として責任を持ってやらせてもらいますけど……そんなに王様が頭を下げるなんて……どういう仕事なんです？」

「依頼主は、ジャギン伯爵（はくしゃく）という貴族でな。まあ、一言で言うと、いけ好かない面倒な男だ。あまり良い噂を聞かん。だが非常に優秀な男でもある。それゆえに、邪険（じゃけん）にするわけにもいかんのだ。彼もアレンくんの活躍の話を聞きつけて、ぜひ依頼をしたいということらしい」

「なるほど、伯爵様ですか……」

これまでの勇者の仕事は全部、冒険者ギルドや工房、兵舎など、なんらかの組織からの依頼が多かった。

だけど、個人――それも貴族様からの依頼となると、確かにこれまでと性質が違いそうだね。

王様の話からすると、悪徳貴族って感じの人なんだろうか？

まあ、まだ会ったこともない人を印象だけで悪く言うのは好きじゃないけど。

「実はこの男、裏で何かよからぬことをしている疑いがある……そこでだ、アレンくん、君には仕事のついでにこの男のことを観察してきてもらいたい。もし決定的な悪事の証拠が見つかれば、やつを失脚させられるやもしれん……」

「はぁ……なるほど、そういうことですか」

スパイのような真似はあまり好きじゃないけど、王様の頼みだから、一応頭の片隅には置いておこう。

かくして、僕はジャギン伯爵の屋敷を訪れることになった。

◇

ジャギン伯爵の屋敷は、貴族の城というよりも、魔王の城とでも表現したくなるような、禍々(まがまが)しい雰囲気だった。

正直、かなり悪趣味だ。

とてもじゃないけど、こんなところには住みたくない……

王様があまり良い噂を聞かないと言っていたのにも、なんとなく頷ける。

ジャギン伯爵領はそれなりに発展していて、街は綺麗だった。

だがその街の一番高い位置に、こんな屋敷があるものだから、魔族の街と勘違いしてしまいそうなくらいだ。

ちなみに今回、ミネルヴァはお留守番で、僕一人だけでやってきた。

悪い噂が本当かどうかはわからないけど、ジャギン伯爵のもとにミネルヴァを連れていくのは危険な気がしたからだ。

わざわざリスクのある場所に、愛する人を連れていく理由はないからね。

それに、ミネルヴァにスパイのような真似もさせたくない。

レベルアップはできないまでも、僕の付与術だけでもそれなりの仕事はできるだろう。

応接間でしばらく待っていると、ジャギン伯爵がやってきた。

ジャギン伯爵は、コウモリのような黒いマントを羽織っていて、金髪を逆立てていた。

一瞬、ヴァンパイアかと思ってしまったくらいだ。

僕は立ち上がり、伯爵に挨拶する。

「どうも、勇者アレンです」

「おお、君が勇者アレンくんだね。よろしく、私はジャギン伯爵だ」

喋った感じは普通の人っぽいんだけど、なんか落ち着かない気分にさせられる。

こんな依頼はさっさと済ませて帰りたいから、さっそく本題に入ろう。

「それで、今回はどういった仕事を？」

「なあに、簡単な仕事だよ。君にはダンジョン攻略の指揮をしてもらいたい」

「はぁ、ダンジョン攻略ですか？」

僕が問うと、ジャギン伯爵は笑いを堪えきれないといった様子で答えた。

「そうだ。我がジャギン伯爵領に、最近新たに出現した巨大ダンジョンがあるのだ。我々はそのダンジョンをどうしても攻略したい。我々はあのダンジョンを『黄金のダンジョン』と呼んでいるよ。あれほど大きなダンジョンだから、きっと攻略すればすさまじいメリットがあるはずだ！　どれだけたくさんのお宝が……ぐふふ……今から笑いが止まらない」

だけど、どうしてそれを僕に依頼するのかよくわからなかった。

ダンジョン攻略なら、冒険者という専門家がいるじゃないか。

もちろん僕だって冒険者だけど、ジャギン伯爵領にもたくさんの冒険者がいるはずだ。冒険者ギルドに依頼してクエストを貼り出せばいい。

こんなふうに領主が直接仕切ってダンジョン攻略に精を出すなんて、あまり聞かない話だ。

「冒険者ギルドには話を通してありますか？」

僕がそう尋ねると、伯爵は首を横に振った。

「冒険者ギルド……⁉︎　そんなのはありえない」

「え……!?　どうしてですか……？」

「このダンジョンは私が見つけたんだ。だからこのダンジョンの戦利品はすべて私のものにする。君は冒険者ギルドがいくら持っていくか知っているか？」

「いえ……」

僕はいつも、冒険者ギルドに依頼を出す側じゃなくて受ける側だから、取り分の話なんて考えたこともなかったな。

冒険者ギルドは貴族制度や国のシステムとは別枠で、各国合同の冒険者組合が管理運営している組織だ。そして冒険者ギルドのバックには勇者機関がついている。それゆえ、貴族でも冒険者ギルドに対する横暴は許されない。

「あいつらは、高額な依頼金をせしめている。それに冒険者へ渡す金や戦利品は、なんと冒険で得たものの七割だぞ!?　私が出資しているというのに……！　あいつらは詐欺師（さぎし）だ！　あんなところの世話になるつもりはないね」

「なるほど……そうなんですか……」

どうやらこの人は相当がめつそうだ……それに、冒険者ギルドに対してかなりの反感があるらしい。

なるほど、それで金のかからない勇者である僕を利用しようってわけか。

勇者システムは、基本的には依頼主から報酬（ほうしゅう）をもらうことはない。もちろん依頼主によっては、感謝の気持ちを報酬という形で示してくれる人もいる。

だけど通常は、勇者への報酬は国や勇者機関から支払われる。言わば公共事業なのだ。

「だから私は冒険者ギルドを通さずにフリーの冒険者や傭兵を集め、ダンジョン攻略のための精鋭部隊を作ったのだ。それなのに……いまだに攻略できていない……！」

ジャギン伯爵はドン、とテーブルを叩いた。

「このままでは、いずれ余所の冒険者ギルドにダンジョンを発見されて、横取りされてしまう……！ 今は箝口令を敷いて、道も封鎖してあるが……それも時間の問題だ。私はなんとしても自力でこのダンジョンをクリアし、その報酬を我が物としたいのだ！ わかってくれるか？ アレンくん」

うーん、正直言って共感はできないな……

ケチな真似をしているから、攻略できないんじゃないかな……

フリーの冒険者や傭兵は、冒険者ギルドに加入している連中と比べると質はどうしても落ちてしまう。命の保証を気にしないよほどの物好きか、何かしら訳ありの人物ばかりだ。

もちろんフリーでも優秀な人はいるけど、あまり多くはないだろう。

確かにお金はかかるかもしれないが、冒険者ギルドに話を通したほうが確実だし、早い気がする。

だけどまあ、一応僕なりにやれることはやってみよう。

その黄金のダンジョンとやらも気になるしね……

「とりあえず、やれるだけやってみます」

「本当か！　さすがは勇者！　話がわかる男だ。君には期待しているよ！」

「はぁ」

とにかく一度攻略部隊と合流して、実際にダンジョンに行ってみよう。

あとの話はそれからだ。


ジャギン伯爵の従者に従って、僕はその黄金のダンジョンとやらにやってきた。

ダンジョンの前にはジャギン伯爵に集められたたくさんの野良冒険者（のらぼうけんしゃ）や傭兵が集まっていた。

みんな正規の冒険者と違って、ガラの悪いチンピラみたいなやつばっかだ。

ジャギン伯爵の従者が、みんなに僕を紹介する。

「皆の者！　よく聞け、こちらは勇者アレン殿だ。今回のダンジョン攻略を指揮してくださる。皆、アレン殿に従うように」

みんなの視線が僕に集まる。

うう……なんか怖い人たちににらまれてる……

すると二人組の冒険者が立ち上がり、僕のもとまでやってきた。

二人とも人相の悪い男で、一人は長身のノッポ、もう一人は大柄（おおがら）なふとっちょだった。

ノッポのほうが言った。

「おいおい、こんなガキが勇者だと……？　こんなチビに俺たちの指揮が務まるのかよ」

明からに僕を見下して、舐めた態度だ。

まあ、いきなり連れてこられた小僧に従えって言われれば、反感を覚えるのも無理はないか。

従者が冒険者をなだめる。

「おい。彼は正真正銘（しょうしんしょうめい）、国に選ばれた勇者様だぞ。アレン殿に無礼な態度はやめるんだ。お前たちも一応、金をもらっているプロだろう」

「っは……！　よく言うぜ。俺たち野良冒険者なんか、安く使えて替えがきく捨て駒程度にしか思ってねえくせによ！　俺だってな、命を懸けてやってるんだ。リーダーが信用できるやつなのかどうかは、自分で判断する」

そしてノッポの男は僕に剣を向けてきた。

「おいあんた。アレンとかいったな。あんたが本当に俺たちのリーダーにふさわしいかどうか、試させてもらおうじゃないか」

えぇ……なんか、面倒なことになったなぁ……

だけどまあ、このままダンジョンに行くよりはいいか。

力を示せば、納得してくれるんだよね？

逆にこういうタイプは、一度上下関係がはっきりすればやりやすそうだけど。

「仕方がない。わかったよ。じゃあ、勝負といこうか」

僕が承諾すると、ノッポの男がニヤリと笑った。

「話がわかる男のようだな。じゃあまずは俺からいくぜ……！」

「うん、いつでもどうぞ」

「は……！　余裕かましやがって……！」

男は剣を抜いて、僕に斬りかかってきた。

うーん、どうしようか……

まあ、何も付与術を使わなくても、僕のステータス的には彼を一瞬で倒すくらい余裕だ。

だけど普通に剣で受け止めてしまったら、彼の剣が無事では済まない。

これから一緒にダンジョンに潜ろうっていうのに、その仲間の武器を破壊するわけにはいかない。

それに、下手にこちらから攻撃をしかけると殺してしまいかねないし、そうじゃなくても、彼の防具を破壊したり、大怪我をさせたりする可能性がある。

だったら……とる手段はこれだ。

僕は一瞬で彼の後ろに回り込んだ。

彼と僕の敏捷ステータスの差を考えれば、そのくらいは造作もない。

「な……!?　いつの間に……！」

そして――

「くらえ……！　必殺、足カックンだ……！」

僕は彼の膝をかっくんと、蹴飛ばした。

「な……⁉　あが……⁉」

すると男は剣を放り投げ、バランスを崩してそのまま地面に倒れこんだ。

そのあまりにも間抜けな転び方に、周囲のギャラリーからあざけりの笑い声が漏れる。

男は悔しそうに立ち上がる。

「ぐぎぎぎ……くそやろうが……この俺様に恥をかかせやがって……許さねぇ……こうなりゃ本気だ……本気でてめえを殺す……」

えぇ……なんでそうなるかな……

そこは素直に負けを認めて折れてほしかった……

「くらえ……！　俺様の必殺闇魔法――！　【魔瘴弾(ヴォイドキャノン)】――‼」

おお……闇魔法。

どうやら彼は見かけによらず、かなりの手練(てだ)れらしい。

集められた冒険者の中でも、おそらくトップクラスの実力者なのだろう。

そりゃあ、つけ上がるのも無理はないか。

――ズオオオオオオ。

男の手から放たれた闇魔法の黒いオーラが渦を巻き、僕に襲いかかる。

だがしかし、当然ながら僕にはダメージ一つない。

「は……⁉　なぜだ……！　なぜ効かない……！　俺の渾身(こんしん)の必殺技が……！」

「あーごめん……僕、闇耐性をマックスまで付与してあるから……基本的に僕に魔法は通じないんだ……」

それに、ステータス的にも僕の魔法防御力をもってすれば、ほとんどの魔法は効かない。

「く……化け物め……くそ、わかったよ。確かにあんたは強いようだ。認めてやる」

「そりゃあ、どうも」

どうやらようやく納得してもらえたみたいだね。

「じゃあ、他に文句がある人はいるかな？　なければ、このままダンジョン攻略を始めたいんだけど……」

僕は他のみんなに向かって確認するが、名乗り出る者はいなかった。

先ほどの戦いを見て、僕をリーダーだと認めてくれたようだ。

「よし、じゃあダンジョン攻略をはじめるよ」

すると、冒険者の一人が手を挙げた。

悲愴感(ひそうかん)が漂う髭面(ひげづら)のくたびれたおじさん冒険者だった。

ずいぶんやつれていて、とてもじゃないけど今から冒険に行こうという感じには見えない。

彼の態度は、ダンジョン攻略に前向きじゃない感じに見えた。

「何かな？」

「あのー、勇者さん。何か作戦とかあるのか？　実を言うとだな、俺はこのダンジョン攻略はこれ

で三回目なんだ。ジャギン伯爵に借りがあってな。それで半強制的に参加させられている。ここにいる連中の半分はそんな感じさ。だけどな……正直、俺はこの戦力でダンジョン攻略ができるとは思えないんだ。前回も前々回もそうだった。ダンジョンはあまりに広いし、敵は強い。はっきり言って、勝てる見込みがない。だからみんな、見ての通りやる気がない。こっちとしては死人が出ねえ程度に頑張って、あとは適当な報告書をでっちあげて帰りたいって感じだ……」

くたびれた男はそう言って肩をすくめると、話を続けた。

「さっきのであんたの実力はわかった。だがダンジョンは広いし、結局は人海戦術、物量戦だ。あんたがいくら強くても、俺たちがついていけなかったら意味がねえ。何か勝算があるんなら、先に作戦を教えてもらえないか？　普通に攻略するってんじゃ、これまでの二の舞だ」

なるほど、それはもっともな指摘だと思った。

正直、ここにいるほとんどの冒険者にとっては、このダンジョンを攻略できるかどうかはさほど重要ではないのだろう。

さっきのノッポの男みたいに、命を懸けて本気で挑もうという者は少数派に思えた。

彼らは、ダンジョンが攻略された暁には、多額の追加報酬を約束されている。

だけど、もし仮に攻略できなかったとしても、今日一日働いた分の給料は、少額だが受け取れる。

ここに参加している連中のほとんどは、ジャギン伯爵に弱みを握られているか、借りがある者たちなのだろう。そうじゃなければ、安い報酬でこれほどの人材を集めるのは不可能だ。

そんな彼らにしてみれば、ダンジョンを攻略できずとも、とりあえず生きて帰ればそれで十分。その上で今日の分の給料さえもらえればいいって感じだ。

ダンジョンがクリアできずに何度も攻略が行われれば、そのたびに給料をもらえるから、無理に命を懸けて本気でクリアを目指さずともいいのだ。

だけど僕としては何度も挑むのは面倒だし、この一回でクリアするつもりだ。

そして僕には、それが可能なのだ。

「作戦……というほどのものでもないけど、勝算はあるよ」

それを聞き、くたびれた男の顔つきが少し変わった。

「ほう……聞かせてもらおうか。俺たちも、あんたの指揮で楽にクリアできるなら、それに越したことはない。ダンジョンクリアによる追加報酬は、かなりの金額を提示されているからな」

「まず、僕は付与術師なんだ」

「付与術師……？　勇者なのにか……？　珍しいこともあるな。付与術師なのにあんなに強いのか」

くたびれた男は意外だという顔を見せた。周りの冒険者たちも少しざわつく。

「……で、僕はここにいるみんなに付与を行うつもりだ。僕の付与があれば、みんなのステータスを大幅にアップすることができる……そうだな……だいたい今の百倍くらいにはできると思う。そうなれば、人数は十分だし、ステータスさえ足りていれば、ダンジョン攻略は余裕だと思う。どうかな？」

僕がそう言うと、冒険者たちはいっせいに笑いだした。

……え……なんで笑うの……！

ノッポの男が皮肉な笑みを浮かべて僕を見る。

「おいおい……勇者様、ちょっと待ってくれよ。冗談が過ぎるぜ……確かにあんたはすさまじい付与術師かもしれねえ。だが、いったいどうやってそれほどまでの魔力を用意するってんだ？ ここにいったい何人いると思っている？ ここにいる冒険者全員に、しかもステータス百倍だと……？ ありえねぇ……そんなの、魔力がいくらあっても足りやしねえ。さすがに学のない俺でも、それが不可能だってことくらいはわかるぜ」

あ、そっか……普通に考えたらそうなのか。

普通の付与術師が一度に付与を行えるのは、せいぜいパーティメンバー四人くらいが限界だ。

それゆえに、パーティメンバーで一番効率のいい人数は四人から五人だと言われている。

宮廷付与術師ですら、普通は十人も同時に付与なんてできない。

同時に付与をかける人数が多いほど、当然魔力の負担も大きくなる。

ここにいる冒険者百人余り、全員に一度に付与をかけるなんて、通常では考えられないことなのだ。

普段、あまりに当たり前に付与術を乱用してるから、すっかり失念していた。

「あー、まあ。それなんだけど、大丈夫。僕、魔力はほとんど無限に近いくらいあるから」

「はぁ……!? ど、どういうことだ……!? 言ってる意味がわかんねぇ……」

「まあとにかく、魔力が尽きる心配はほとんどいらないよ」

冒険者たちがまたざわざわしはじめる。

僕の言葉がにわかには信じられないのだ。

「……あんたと話してると頭が痛くなるぜ……まあいい、とりあえず魔力の話は信じよう。だがよぉ、付与術ってのはしょせんは一時的な強化にすぎねえだろ？ ここには百人ほどいる。ダンジョンの中では手分けしてバラバラに分かれて行動することになるぜ？ 途中で付与が切れちまったら、どうすんだよ。いちいちまた全員招集して付与をかけ直すってのか？」

これまた当然の疑問だ。

「あーうん、それも大丈夫なんだ。僕の付与術は永続仕様だから」

「……もう、どこからつっこめばいいんだ？ 何もかもが信じられないんだが……」

ノッポの男が呆れた様子でそう呟いた。

「まあ、とにかく説明をするよりも実際にやった方が早いから、それで確認してよ。百聞は一見に如かずだ」

僕はその場にいた冒険者たちに、一斉に付与術をかけた。

かけたのは、各種耐性と、全ステータスの上昇、それから【レベル付与】もだ。

【レベル付与】をしておくことで、ダンジョン攻略の途中にレベルアップして、さらに強くなるっていう作戦だ。これで何があっても安心。

かけた付与は、ダンジョン攻略が終わったら全部解除するつもりだ。

さすがにこんなどこの馬の骨ともわからない野良冒険者たちに、【レベル付与】をしたままってのは心配だ。

「よし、みんなに付与術をかけたよ！　ステータスを確認してみて！」

冒険者たちは一斉に自分のステータスを確認しだして、あちこちで「おおお……！」という驚きの声が上がる。

「すげぇ……確かにステータス百倍だ……あんたの付与術が規格外だってのはわかった。だけどこれ、本当に途中で解けたりはしないんだろうな？」

「もちろん。永続仕様だよ」

ノッポの男をはじめ、やる気になってきた冒険者たちが頷き合う。

「よし、これなら俺たちでも攻略できそうだな……！」

「うん、きっと楽勝だよ！」

「よし、勇者アレン。俺たちはあんたに従うぜ……！　ダンジョン攻略、出発だ！」

「さあみんな、手分けしてダンジョンの最奥を目指すんだ……！　行くぞお！」

僕がそう言うと、むさ苦しい冒険者たちが一斉に雄叫びを上げた。

「ヒャッハー！　付与術のおかげで、俺たち最強だぜ！」

そしてみんな、意気揚々とダンジョンへと入っていく。

自分のステータスが上がったことで、自信が湧いてきたみたいだ。

◇

ダンジョン攻略はスムーズに行われた。

これだけの人数がいたのだから、当然と言える。

僕は直接戦う必要もなく、後ろのほうで見ているだけだった。

付与術で強化された冒険者たちは、あっという間にダンジョンのモンスターを狩りつくした。

そして数々の宝箱を手にして戻ってきたのだ。

「これは……素晴らしい成果ですな……！　すぐに伯爵に報告をせねば」

ジャギン伯爵の従者が手を叩いて喜ぶ。

みんなでダンジョンのお宝を外に運び出していると、しばらくして、ダンジョン攻略成功の一報を聞きつけたジャギン伯爵が、護衛を引き連れてやってきた。

ジャギン伯爵は満足そうにお宝を見ると、さっそくそれを取り出して愛でではじめた。

「う～ん、これぞ私が待ち望んだお宝……！　アレンくん、よくやってくれた。本当に素晴らしい。

念願のダンジョン攻略が叶ったのだ！　皆の者、本当にご苦労だった」

　お宝に夢中になっているジャギン伯爵。

　……しかし、背後から忍び寄る者があった。

　雇われていた冒険者の一人が、なんとジャギン伯爵に牙を剥いたのだ。

　青髪で鋭い目つきの男は、後ろから伯爵の首筋にナイフを突きつけた。

「な……⁉　貴様何をする……⁉」

「へっへっへ……おい、お前たちよく聞け。俺はジャギン伯爵を人質に取った！　おい、勇者とかいったな、お前、そこを一歩も動くんじゃねえぞ……？　おいお前らァ！　何もこのまま大人しくお宝をジャギン伯爵に渡すことはねえ。給料なんざもらわなくてもよぉ、俺たちでこのお宝を山分けしようぜ。そうすれば明日から冒険者なんて引退できるぜ！」

　青髪の男は他の冒険者たちをけしかける。

　すると、冒険者たちが次々と、男に賛同した。

「はっは……！　そりゃあいい考えだ。おいお前ら、お宝を袋に詰めろ！　さっさとずらかるぜ！」

　冒険者たちは次から次へとお宝を手に取って、自分の袋に詰めていく。

　みんな勝手だなぁ……

　ジャギン伯爵の従者が剣を抜こうとするが、男がジャギン伯爵の首筋にナイフを軽く押し当てて、それを止める。

「おっと……こいつがどうなってもいいのか？」

「くっ………」

主人を人質に取られていて、護衛たちも動けないみたいだね。

まあ、このまま放っておいてもいいんだけど……一応、王様からの依頼だしね。

依頼主であるジャギン伯爵がピンチなら、助けるのが筋か。

仕方ない、ここは僕がなんとかしよう。

「ちょっとみんな、待って。お宝をもとに戻すんだ」

僕は大きな声で言った。

そしてジャギン伯爵を拘束している男に近づこうとすると、彼は慌てて声を張る。

「お、おい……！　動くなって言っただろ！　こいつがどうなってもいいのか!?」

「ひぃ……やめてくれぇ……」

青髪の男はジャギン伯爵の首に、さらにナイフを押し当てる。

それでも僕は足を止めなかった。

「お、おい……！　本当に殺しちまうぞ……!?」

しかし心配はいらない。

ジャギン伯爵には、すでに、【防御力強化】を施してある。

それに、冒険者たちにかけてあった付与術も解いてある。

だからこの男がジャギン伯爵を本気で殺そうとしても、刃は通らない。

僕は無言で青髪の男に近づいて、こう言う。

「今すぐ武器を捨てて降参するんだ。じゃないと、痛い目を見る」

「馬鹿か？　人質はこっちの手にあるんだぞ⁉　それにお前ごとき、俺たち全員でかかれば怖くないさ……！　これでどうだ……！」

威嚇(いかく)のつもりか、男はジャギン伯爵の腕を思い切り斬りつけた。

しかし伯爵の身体に刃は通らない。

それどころか、男のナイフは根元からぽきっと折れてしまった。

「何……⁉」

「あー、ジャギン伯爵には【防御力強化】を付与してあるから、何をしても無駄だよ？」

「ふざけるな……！　くそ……こうなったら、おい、全員でこいつを取り押さえろ……！」

男がそう言うと、何人かの冒険者たちが一斉に僕に向かってきた。

だけど当然、僕の身体にも刃は通らない。

冒険者たちが振るった武器はことごとく折れて、宙を舞う。

「な……⁉」

ダンジョン攻略が簡単に行きすぎた結果、どうやらみんな舞い上がって、自分の実力を過信してしまったようだ。

それ、全部僕の付与術のおかげなんだけどなぁ……

まるでどこぞのナメップみたいな人たちだ。

僕が付与術を解いたら、みんなただの野良冒険者にすぎない。

「さて……まだ向かってくる人、いる？」

僕がそう尋ねると、もはや攻撃してくる冒険者はいなかった。

そのあとすぐに、ジャギン伯爵の護衛たちが、反逆した冒険者たちを取り押さえた。

護衛には僕が付与術を仕込んでおいたから、一瞬で片が付いた。

中には青髪の男の口車に乗らずに、静観を貫いた冒険者たちもいた。

そういうまともな人たちには、ちゃんと正規の報酬が支払われるだろう。

反逆した冒険者たちは、衛兵に引き渡されることになる。

一時は人質になったものの、なんとか生還したジャギン伯爵は、ほっと胸をなでおろしていた。

そして改めて、僕に礼を言ってくる。

「いやぁ……素晴らしい手際(てぎわ)だったよ。さすがは勇者。どうやら私は命まで救われたみたいだ。礼を言うよ」

「いえ、クライアントを最後まで守るのも、僕の仕事です」

「さあ、いつまでもこんなところにいても仕方ない。お宝を回収して、屋敷に戻ろう」

「はい」

お宝は護衛たちによって、馬車に積み込まれた。


屋敷に戻ってくると、僕はジャギン伯爵からさらなる歓待を受けた。

美味しいご飯に、過剰なまでの接待。

まあ、ジャギン伯爵が満足したならそれに越したことはない。

だが、僕の本来の目的も忘れてはいない。

王様から、ジャギン伯爵が裏で何か悪いことをしていないか探れと言われている。

今のところ怪しい動きはないが、それもまだわからない。

ジャギン伯爵みたいな人間は、そう簡単にボロは出さないものだ。信用した相手にしか、本当に大事なことは話さないだろう。

そういう点で言えば、僕は結構ジャギン伯爵の懐に入り込めたと思う。

見事に依頼もこなしたし、命まで救ったんだからね。

一通り歓待を受けたあと、ジャギン伯爵は僕にこんなことを切り出した。

「いやー、実に気分がいい。アレンくん、私は君が気に入ったよ。君は話のわかる男だ」

「それはどうも」

「君に見せたいものがある、ぜひこのあと、一緒に来てもらえるかな」

来た……

どうやら、ここからが僕の仕事の本番らしい。

「ええ、もちろん」

ジャギン伯爵についていくと、屋敷の地下へと案内された。

螺旋階段を下りていき、そこから地下通路を通ってしばらく歩く。

通路の先から、何やらにぎやかな歓声が聞こえてくる。

そして通されたのは、コロシアムのような巨大地下ホールだった。

これから何か始まるのだろうか……？

「どうだねアレンくん、なかなか立派な施設だろう」

「はぁ」

中央は円形の闘技場になっていて、それを取り囲むように客席が並んでいる。

客席にはすでに様々な人物が座っていて、盛況だった。

あまり裕福そうでない者から、貴族や大商人のような豪華な格好の者までいる。

「ここで何をしているんですか？」

「まあ、見ていたまえ。なかなか面白いから。うちの領地ではかなり人気なんだよ」

しばらく待っていると、闘技場に一人の男が現れた。

男はひどくやせ細っていて、今にも倒れそうだ。

彼の手には一本の剣が握られている。

もしかして、これからここで殺し合いでもさせるのか？

あまり趣味がいいとは言えないな……

だけど、闘技場自体は法で規制されているわけではないからな……

やがて、反対側の柵が開いて現れたのは、人間ではなく、モンスターだった。

しかも、鋭い牙を持つ凶暴なモンスター——グレートレオだ。

お腹を空かせたグレートレオと人間を同じ場所に放ったらどうなるか、そんなのは決まりきっている。

これから行われるのは、一方的な惨殺（ざんさつ）だ。

グレートレオが現れたとたん、会場内が沸き上がる。

「うおおおおお！　殺せ！」

「こ・ろ・せ！」

まったく理解できない。みんないったい何が楽しくてこんなところに集まってきているんだ？

隣のジャギン伯爵を見ると、とても満足そうな顔をしていた。

そして僕に自慢げに話してくる。

「どうだね、素晴らしいショーだろう？　恩人である君には、ぜひこれを見せたくてね。私がダンジョンで集めた金をつぎ込んで造らせた、特製コロシアムだ。もちろんあのモンスターも、ダンジョンから連れてこさせたものだ」

こんなものを見せられて、本当に僕が喜ぶとでも思っているのだろうか。

だとしたら価値観が違いすぎる。

人間同士を戦わせるコロシアムなら、王都にもある。

そこで戦う人間は、自ら参加した志願者だったり、罪人だったり、奴隷だったり、様々だ。

だけどその場合、出場者にはちゃんとファイトマネーが支払われるし、罪人の場合は勝てば罪を免除されたりもする。

それに死人が出ないように、勝ち負けが決まった時点で試合を止めさせる場合がほとんどだ。

こんなふうにモンスターを使って、一方的な惨殺を見せるようなショーは、さすがに聞いたことがない。

これはあまりにもひどすぎる。

しかも見たところ、闘技場にいる男は戦う気力もない感じがする。

望んで自らモンスターと戦いたい人を使うのなら、僕もここまで憤りを覚えはしないだろう。

実際、冒険者の中にはグレートレオに勝てるような猛者も少なからず存在する。

だけどあの男性は冒険者には見えないし、とてもじゃないけどグレートレオと勝負になるとは思えない。

こんなショーを企画するほうも、嬉々として見るほうも、どうかしている。

「ジャギン伯爵……さすがにこれは……一方的な惨殺をショーと呼ぶのはどうかと思います。僕は、正直賛同できません。それにこんなこと、きっと王様も許さないと思いますよ？　王様はこのことをご存じですか？」

「なに、心配いらないさ。あの男は私の奴隷だ。奴隷の命など安いものだろう。このショーを楽しみにしている貴族は大勢いる。奴隷を殺すだけで、かなりの大金が私のもとに入ってくるのだ。別に国王が知っても、どうこうできる問題でもない。法律でも、コロシアムの運営は許可されているからな」

だめだ、全然話が通じない。

でも確かに、王様に報告しても解決しそうにないな。

ジャギン伯爵の言う通り、法的には問題がない。もちろんモラルには問題があるけど。

それに王様としてもジャギン伯爵を軽視するわけにはいかないと言っていたからな。ここは僕がなんとかしないと……

「ですが……これはさすがに……あの男には、勝ち目がないじゃないですか」

僕が抗議しても、ジャギン伯爵は聞く耳を持たない。

「それが面白いのではないか！　勝ち目のない相手に一方的に惨殺される、その絶望感。それこそが我々の見たいものだよ！」

これ以上説得しても無駄だな……

「じゃあ、もしもあの男が勝ったら、どうするんですか？」

「っは……！　ありえない！　だけどまあ、そのようなことがあれば、私は裸踊りでもなんでもしようじゃないか」

「今の言葉、確かに聞きましたよ」

そうこうしているうちに、試合のゴングが鳴ってしまった。

なんとかあの奴隷の男を助けてやりたい。

このままだと、彼は一方的に殺されてしまう。

僕は客席から男に付与術をかけた。

ステータス全部の強化と、【身体能力強化】だ。

これでよし……っと。

あとは戦いの行く末を見守るだけだ。

「いけえええ！　殺せ……！」

客席がグレートレオを煽る。

奴隷の男は、ここで自分が死ぬものだと、絶望の表情を浮かべて、縮こまっている。

グレートレオが男に牙を剥いた。

「ガルルルル‼」

しかし――

グレートレオの牙は男に刺さることなく、ぽきっと折れてしまった。

「ガルゥ……!?」

「え……？　ど、どういうことだ……？」

男には僕がステータス強化をしてあるから、当然その程度の攻撃はなんともない。

男は戸惑いながらも、生き残ったことに安堵した。

グレートレオは、男に何度も攻撃をしかけるが、そのたびに弾き返されてしまう。

「おい、どういうことだ！　何やってんだ！」

客席から苦情が飛ぶ。そりゃあ、一方的な惨殺を見に来たのに、グレートレオが苦戦しているなんて、客も怒るよね。

奴隷の男はようやく覇気を取り戻すと、剣を構えた。

「なんだかよくわからないけど……今ならやれる気がする……！　えい……！」

ついに男がグレートレオに反撃する。

彼は目にも留まらぬスピードでグレートレオを一刀両断した。

客席がどよめく。

「そんな……！　ありえない……！」

ジャギン伯爵はめまいを起こして、倒れてしまった。

グレートレオを倒した男は、自分に力があることに気づいたようだ。

「よし、今なら……仲間を救える……！」

「おい、待て！　捕まえろ！」

「退け！　うおおおお！」

男は鎖を自力で引きちぎると、捕まえにくる衛兵たちをなぎ倒し、コロシアム中を暴れ回る。

奴隷が急に逃げ出したことで、客席も大混乱に陥った。

さんざん暴れたあと、男はそのままコロシアムから脱走していった。おそらく、捕らえられている他の奴隷を救うつもりだろう。

うん、これでなんとか奴隷たちの命は助けられたかな……

この混乱でコロシアムもめちゃくちゃに破壊されたから、しばらくは復旧できないはずだ。

ジャギン伯爵も気を失ってしまったし、僕もこんなところからはさっさと帰ろう。

僕はミネルヴァの待つ王都へ急いで帰還した。


——あとから聞いた話だが、逃げた奴隷の男はジャギン伯爵の屋敷でも暴れまくったそうだ。

そして見事他の奴隷たちを救出し、他の領地へ逃げおおせたらしい。

奴隷脱走事件は大きく報道されて、王都にも知れ渡った。

その結果、王宮の監査官が、ジャギン伯爵領に派遣された。

コロシアムは地下で極秘裏に運営されていたのだが、今回のことで公になり、王都でも細かい調査をしたそうだ。

そしてよくよく調べてみると、ジャギン伯爵のコロシアムはいろいろと法に反していたことも明るみになった。

まず、奴隷を違法な手段で集めていた。また、ダンジョンからモンスターを連れ出してくるのも違法だ。奴隷が脱走して地域の秩序を大きく乱したことも、領主としての責任に問われた。

そういう一連の罪が重なって、ジャギン伯爵の悪事は白日(はくじつ)の下(もと)にさらされ、彼は爵位(しゃくい)を奪われるそうだ。

この一件で、僕は王様からは手厚くお礼をされた。

「いやぁ、前々からあのジャギンという男には手を焼いていた。アレンくんのおかげで、今回王国の膿(うみ)を排除できたよ。本当にありがとう」

ちなみに、僕が付与したままにしたあの奴隷の男はのちに、世界中の奴隷を救い出して解放運動を行い、歴史的にも名を遺す偉人となっていく。その男——奴隷の王カルロス・ヴィルムの名前は、世界に平和の象徴として轟(とどろ)くことになるのだが、それはまた別のお話である。

8　勇者番付

五カ国の有力国の王によって五組の勇者パーティが選出されてから、ちょうど一年が過ぎた。

そう、僕がナメップたちから魔力を返してもらったその日から、丸一年たったのだ。

僕たち勇者パーティは、セレモニーのため、再び王城へと集められることになった。

各国の勇者たちは一年の活動を互いに報告し合い、その上で勇者機関によって勇者番付の発表がされる。

エスタリアのブレイン王がその場を取り仕切ることになっている。

ちなみにだが、セレモニーがエスタリア王国で行われるのは、五年前の前回任期における勇者番付で、エスタリア王国の勇者パーティが一位だったからだ。

「さて、今宵(こよい)は各国の王とその勇者パーティに集まってもらった。勇者機関による厳正な審査のもと、ナンバーワン勇者としての名誉を授かるのは、いったいどの国の勇者だろう。私も心から楽しみにしている」

エスタリア城の大広間には、各国の王とその勇者パーティが集まっていた。

軽い挨拶があったあと、宴が開かれた。

僕とミネルヴァはこういう場には慣れていないけど、それなりに楽しんだ。

豪華な食事が用意されていて、踊りや音楽も披露された。

食事が済んだら、いよいよ勇者番付の発表になる。

ここでナンバーワン勇者に選ばれるのはとても名誉なことだ。

そしてそれは、国の今後にも大きくかかわる。

僕がナンバーワン勇者に選ばれれば、今後五年間はエスタリア王国が各国のリーダー的役割を担えるのだ。

ブレイン王には僕もお世話になっているし、国のためにも、なんとか一位をとりたいね。

式典会場には勇者機関のお偉いさんたちも集まっていて、みんな難しい顔で話し合いをしている。

あらかじめ、それぞれの国の勇者補佐官たちが提出した資料によって、番付が決められる。

僕の場合はハルカさんがデータを提出しているはずだ。

この一年間、いろいろな仕事をやってきた。きっと他の国の勇者にも負けていないはずだ。

勇者機関のお偉いさんたちが壇上へと上がり、いよいよランキングを発表する。

みんなが息を呑んでそれを見守った。

自分たちの功績で今後の国の命運が左右されるとあって、各国の勇者たちはまるで命が懸かっているかのように真剣な表情だ。

もし最下位になったら、自国の王に恥をかかせることになってしまうだろう。

「それでは……勇者番付を発表いたします。まずは五位から……！　第五位、サウロパ王国代表勇者――カイン・ボルケーノ」

司会者に名前を呼ばれた瞬間、サウロパ王国の代表勇者カインは、その場に崩れ落ちた。

他のパーティメンバーたちも、絶望の表情を浮かべてうなだれている。

サウロパの国王は怒りと失意の表情をカインたちに向けている。

他人事ながら、胃が痛いな……

サウロパ王国は大丈夫だとは思うけど、過激な王様の場合、怒りに任せて勇者を処刑するような事態も、過去にはあったとか。

今回はそんな物騒なことにはならないといいけど……

「も、申し訳ございません……！　王様！　我々が不甲斐ないばかりに、このような失態を……！どうかお許しください……！」

勇者カインはサウロパ国王に頭を下げて、許しを請うた。

しかしそれに応える国王の目は冷めきっていた。

「もうよい……おぬしらに期待したわしが馬鹿だった。おぬしらの顔などもう二度と見たくもないわ」

「そ、そんな……！」

悲愴感あふれるやり取りに、会場は気まずい雰囲気に包まれた。

しかし、勇者機関の人たちはそんなのお構いなしとばかりに、粛々と発表を進める。

「えー、サウロパ王国代表勇者パーティは、この一年間、素晴らしい功績を成し遂げました。ゴブリンに襲われた村を救ったり、地震で壊滅した街の復興に手を貸したり、孤児院のボランティアに従事したり……しかし、他の四ヵ国の勇者パーティの活躍には及ばないと判断したため、五位とします」

どうやら彼らが特別ダメな勇者というわけではなかったようだ。

そりゃあ、ナメップみたいに勇者の名前で好き放題やろうとするやつはそうそういないよね……

けど、他の勇者パーティはもっと活躍しているってことだ。

これは、僕が一位になれるかどうか、まだわからないぞ……

「では続いて、第四位。ハリヌマ王国代表勇者——ポッケビ・ドンドン。ハリヌマ王国代表勇者パーティは、大洪水を未然に防ぐなど、めまぐるしい活躍を見せました。また、国民に対する振舞いも理想的な勇者像にふさわしいものであったと言えるでしょう。その活動により、ハリヌマ王国の国力を十分に世界に知らしめることに成功しました。ですが、他三ヵ国の勇者パーティには及ばないと判断し、四位とします」

ポッケビは落胆の表情を見せながらも、冷静に言葉を呑み込んだ。

パーティメンバーと共に、ハリヌマ国王に頭を下げる。

「この度は力及ばず……申し訳ございません。このポッケビ・ドンドン。腹を切って詫びる所存でございます」

その言葉を受けたハリヌマ国の女王は、聖母のように慈愛に満ちた表情で、にっこりと微笑んだ。

「その必要はありません、ポッケビよ。あなたがたは十分に力を尽くしました。結果は四位ですが、あなたたちの働きには満足しています。頭を上げなさい。私はあなたがたが誇らしいです。あなたがたも、自分たちの功績に胸を張りなさい」

「は……！　ありがたきお言葉……！　恐悦至極に存じます！」

どうやらハリヌマ国王はかなり出来た人物のようだ。

というか、ハリヌマ王国の人はみんな感情的にならないし、立派な人柄が多いのかな。そういった国ごとの気風の違いもあって、見ていておもしろいな。

「それでは栄えある第三位を発表します。三位は、ベッカム王国代表勇者——グシャキャバ・パッキャローです。ベッカム王国の勇者パーティは数々のダンジョンを踏破し、多くの富を国にもたらしました。大きな拍手を！」

ベッカム王国のグシャキャバ・パッキャローは壇上に上がり、得意げな表情だ。

「ふん、まあ俺の力をもってすれば、この順位は当然だな。本来であればもっと上でもおかしくはないが、ここは君たちに譲ってやろう」

三位になると、記念のトロフィーの授与がある。

それに勇者機関から国への支援金なども得られるので、勇者としても一応国王への面目は立つのだろう。

パッキャローは自分の順位に満足そうだ。

「よくやった、パッキャローよ。我は誇りに思うぞ」

ベッカムの国王も満足そうに勇者パーティを褒めたたえた。

ベッカム王国は参加国の中でも最も小国だから、三位でも十分な功績といえるのだろう。

そしていよいよ二位の発表だ。

ここで呼ばれなかったほうが、自動的に一位ということになる。

まだ呼ばれてないってことは、期待してもいいのかな……

もう一組のほうの勇者は、自分が一位で当然だというような、自信ありげな顔をしている。

さすがに僕が一位ってことはないだろうし、彼が一位なのかな。

「では、栄えある第二位を発表します。二位は、アルカナ王国代表勇者――グレンツ・モンローです。彼が率いるパーティは、まさに英雄的な活躍をしたと言えるでしょう！」

ってことは……まさかの僕が一位……!?

「ということで、一位はエスタリア王国代表勇者――アレン・ローウェンです。エスタリア王国パーティの活躍は、他の勇者パーティと比べても断トツの成果でした。エルフの里を救ったり、優秀な兵士を育成したり、その活動は多岐にわたります。アレンさんとその仲間に大きな拍手を！」

司会者がそう言うと、会場から万雷の拍手が響いた。

僕はそこまでのことをしたつもりはないけど、一位という名誉は素直に嬉しいね。

ブレイン王にも恩返しができた。

王様は満足そうな表情で僕に目配せをする。

しかし二位になったグレンツは、その順位に納得していない様子だ。

彼はわなわなと震えるながら、大きな声で抗議しはじめた。

「おい！　どういうことなんだよ！　なんで俺が二位なんだ!?　俺は誰よりも活躍していたはずだ！」

グレンツは今にも勇者機関の担当者につかみかかりそうな勢いだった。

「どういうことだと言われましても……確かにあなたがたは素晴らしい勇者パーティだった。しかし、それ以上にアレンさんが優れていた、というだけですよ」

「アレン……アレン・ローウェンとか言ったな。くそ……なんでこんなぼんやりしたガキに負けなくちゃいけねえんだ。納得いかねえ」

グレンツは僕のほうをキッとにらみつけてくる。

いや……ここで僕にヘイトを向けられても、それはお門違いというやつだ。

悔しい気持ちはわかるけど、僕を恨むのは勘弁してほしい。

「おい、俺はお前に負けたなんて思ってないからな。直接戦えば、俺のほうが強いに決まってる。もしかしてお前たち、何かズルをしたんじゃないか……？」

グレンツは僕のほうにやってくると、そんな言いがかりをつけてきた。

証拠があるわけでもないのに、ズルをしたんじゃないかって、そんな事実無根の難癖が通用するとでも思っているのか……？

さすがにこんなふうに言われたんじゃ、僕だってたまらない。

「な……そんな!?　僕は何もやってない。審査をしたのは勇者機関なんだから、僕に文句を言われても困るよ……」

「ふん……白々しい。お前みたいな雑魚に、本当に勇者なんか務まるのかよ？　どうせ何かセコイ手を使ったんだろう。勇者機関に賄賂でも贈ったか？」

「やめてよ……僕はそんなことしてない。妙な言いがかりはよしてくれ」

「そういえば、最初はお前じゃなくてナメップとかいうやつが勇者だったよな？　そいつは不正をして処刑されたと聞いたぞ？　どうせお前もなんらかの不正をしているに決まっている。エスタリア王国ってのはそういうやつらばっかりだろう？」

「ナメップなんかと一緒にしないでくれ……！」

まったく、迷惑な話だよ。あいつの悪事のせいで、あらぬ疑いをかけられてしまった。

ナメップほどではないにしろ、この人も最初から物事を決めつけて、人の話を聞かないタイプだなぁ……

なぜか僕はこういう厄介な人にからまれる。

すると、アルカナ王国の国王までグレンツの言いがかりに便乗してきた。

「そ、そうざます！　グレンツちゃんの言う通りざます！　きっとそのクソガキが何か不正をしたのよ！　そうじゃないと、うちのグレンツちゃんが負けるなんてありえないわ～！　ムキー!!」

アルカナ王国の国王はまるでピエロのように濃い化粧をした初老の男性で、かなり口調に癖がある。

さすがに王様にまで言われると、こっちもなんと言い返せばいいかわからないな……

僕が困っていると、勇者機関の人が口を開いた。

「アルカナ国王、勇者機関の厳正なる審査が間違っていると言いたいのですか？　それに、さっきのグレンツさんの賄賂発言はいただけませんねぇ。歴史ある勇者機関の信用にもかかわる。もし何か文句があるのであれば、ちゃんとした証拠を出してください。勇者機関を敵に回すということがどういうことか、あなたたちもよくおわかりでしょう？」

勇者機関の人の口調はなだめるように穏やかだったが、言葉の一つひとつに覇気があり、相手を威圧するのに十分だった。

静かに怒るってのは、こういうことか。

さすがに勇者機関からここまでキツく言い返されると、それ以上はアルカナ王国側も文句を言えない。

「くぅ～、卑怯ざます……！」

「ふん……今回は見逃してやる」

グレンツはそう言いながらも、まだ納得できない様子だ。

すると、ブレイン王が口を開いた。

「そこまでアレンくんの実力を疑うというのであれば、アレンくんとグレンツ殿で模擬戦をやってみてはどうかな？　そうすれば、どちらが本当に強いかがわかるはず」

「お、王様ぁ……」

め、面倒なことを言い出したなぁ……僕は別に、自分の強さを証明なんかしたくないんだけど……

ブレイン王、絶対に今の状況を面白がっているよ。

すると、アルカナ国王はブレイン王の誘いに乗り気のようで、手を叩いて喜んだ。

「まぁ！　それはいい提案ざます！　うちのグレンツちゃんなら、絶対にその坊やに勝ってみせるざますわ～！」

グレンツ本人も自信満々に息巻いている。

「ふん、俺に決闘で勝てるやつなんかいるはずもない。コテンパンにやっつけてやるぜ」

はぁ……これはやる流れになるのかな……

「ほっほっほ……どうやら向こうは乗り気のようだぞ？　アレンくんも言われっぱなしではかなわんだろう。ここはいっちょ、君の実力を示してやるというのはどうだね？　私もエスタリア国王として、自国の勇者を貶（けな）されたままでは、面子（メンツ）が立たんからな。模擬戦……受けてくれるか？」

「はぁ……わかりましたよ。そうまで言うのなら、模擬戦くらい構いません。けど、僕が勝ったら、ちゃんとさっきまでの侮辱は撤回してくださいよ？」

　僕はグレンツをにらみつける。

「ふん、俺が負けるなどありえないが……まあ、そういうことでいいだろう」

「よし……」

　グレンツが同意したので、急遽（きゅうきょ）セレモニーの会場で模擬戦が行われることになった。

　僕たちは互いに剣を抜き、向かい合う。

「アレン、頑張って！　そんなやつ、楽勝だよ！」

「うん、ありがとう、ミネルヴァ」

　観客の視線が集中する中、後ろからミネルヴァが応援してくれる。

　グレンツのほうにも、後ろでパーティメンバーたちが応援の言葉をかけている。

　戦いは、ブレイン王の一声で始まった。

「それでは、エスタリア王国勇者アレンとアルカナ王国勇者グレンツによる模擬戦、開始！」

　グレンツは僕に向かって一直線に距離を詰めてくる。

速い……！
しかし、当然僕のほうがステータス的にも速さは上だ。
目で見て避けることはできる。
だけど、避ける必要すらない。
僕の防御力をもってすれば、グレンツの攻撃なんか恐るるに足らず……！
僕はグレンツの剣を真正面から受け止めることにした。
「おりゃあああ！」
――と、そのときだった。
僕の剣とグレンツの剣が交差するまさにその瞬間。
突然、大きな音と共に城が揺れはじめた。
「なんだ……!?」
いきなりのことに、僕たちは慌てて攻撃の手を止めた。
すると、今度は……
――ズドーン！
という音が鳴り響き、大きな衝撃が城全体を襲う。
グレンツは思わず持っていた剣を床に落とした。
なおも揺れは続き、もはや立っていられないほどだ。

「地震……⁉」

しかし、ただの地震というわけではなさそうだ。

揺れは一向に収まらず、次第に強さを増していく。

城を中心として局地的に揺れているのかと思ったが、どうやら広い範囲——それこそ世界全体が揺れているようだった。

窓から遠くに見える風車や塔なども、揺れたり崩れたりしているのがわかる。

その場にいた全員が一度手を止めて、姿勢を低くして揺れが収まるのを待っている。

「きゃぁ……！」

姿勢を崩したミネルヴァが、僕に抱きついてきた。

「大丈夫だ、ミネルヴァ。すぐに収まる……」

いったい何事が起きているのだろう。

全世界にとんでもないことが起きているような、何か嫌な予感がする。

そしてその予感は的中することになる。

しばらくして、ようやく地震が収まってきた。

揺れが完全に収まると、グレンツは再び剣を拾い、戦いを続けようとしてきた。

しかし、彼に構っている場合ではない。

窓の外を見た僕は、急いで城のバルコニーに出た。

改めて窓の外を見ると、日中だというのに空は真っ黒に染まっていた。

雨雲というには黒すぎる、明らかに自然のものではなかい。

「おい……！　逃げるのか……!?」

「待って、それどころじゃない……！」

「……？　なんだこれは……!?」

グレンツも窓の外の異変に気付いて、僕のあとに続く。それにつられて、各国の勇者や王様もバルコニーへ出た。

漆黒に染まる空を目にして、誰もが絶句している。

どう考えても異常事態だった。

「おお……ついに、ついにこのときが訪れたというのか……！」

口を開いたのはブレイン王だった。

「ブレイン王、何か知っているんですか……？」

「伝承に伝わる、魔王軍復活の兆しだ……！」

僕が尋ねると、ブレイン王は重々しくそう答えた。

「魔王軍復活……!?」

魔王軍復活――ブレイン王の口から出たあまりにも物騒な言葉に、皆が騒然となった。

周囲にざわざわと不安の声が広がっていく。

最後に魔王が現れたのは今から約五百年前とされる。そのときの勇者が魔王を打ち破って、魔界へと追放し、魔界との扉を封印したのだ。

しかし魔界の扉を完全には塞ぐことができずに、この世界にはたくさんの『魔素』が残された。

その魔素からたくさんのモンスターが生まれて、この地上にあふれた。

いつまた魔界の扉が開くかは、誰にもわからない状態ではあったが、魔王が存在しない平和な時代は今日まで五百年続いている。

なんだかんだでみんな魔王のことなど忘れ、平和ボケしていた。

それでも勇者機関というものを作って、勇者という役割やシステムを絶やさずにきたのは、まさにこのときのためだ。

僕たちは、象徴としての勇者だった。

しかしいざ魔王復活となれば、そのときに先頭に立って戦うことになるのは僕ら勇者パーティだ。

「五百年前の言い伝えによると、魔界の扉は一度封印しても、長い時間をかければ、再び中から開けることができるようになるという。実際、魔界の扉は近年緩みだしていて、モンスターも強くなっていた。そして今、こうして空が漆黒に包まれたということは……魔界の扉が完全に開きつつあるということだ……」

ブレイン王は畏怖を顔に浮かべながら天を仰いだ。

「そんな……」

闇に覆われた空はだんだんとその禍々しさを増していく。

立ちこめる暗雲は雨を降らし、雷鳴を轟かせる。

次第に、漆黒の空間は渦を巻き、中心からは邪悪なオーラがあふれ出した。

やがてオーラは人の形を成し、巨大化していく。

そしてついに、禍々しいオーラは山ほどの大きさの巨人の形になり、僕らの前に姿を現した。

それは、まさに「悪魔」としか形容しえないような、邪悪な姿をしていた。

頭からは角を生やし、目つきは鋭く、鼻は骸骨みたいに抉れている。耳はとんがっていて、口は裂け、顎は突き出ている。

筋肉質な肉体からは棘や角が生え、皮膚は鱗に包まれていた。

その悪魔は、エスタリア王国のどこにいても見ることができただろう。

いや、もしかしたら、他国でも、世界中の人々から見えるほどの大きさかもしれない。

単純に物理的な大きさというだけでなく、おそらくなんらかの魔力によって空間が歪んでいると思われる。

悪魔はこちらをぎょろりと見ると、にやりと笑った。

「こ、これが……魔王……？」

パッキャローが恐怖に慄きながら、後ずさる。

その言葉が聞こえたのか、悪魔が口を開いた。

「私が魔王様……？　なんと、それは畏(おそ)れ多い。いや、ひどい勘違いだ。人間よ」

悪魔の声は金切声(かなきりごえ)を低くしたかのような不快な声で、老人の声にも、子供の声にも聞こえた。

ただその声を耳にしただけで、身体中を虫が這(は)ったような、ぞわっとした不快感が襲ってくる。

その姿同様、悪魔は世界中の人々に聞こえる声量で言葉を紡(つむ)いだ。

その声は僕たちの脳内に直接語りかけてくるような、そんな重みがあった。

耳元でささやかれているようでもあったし、遠くの山からの叫びのようにも聞こえる。

悪魔の所作、声、見た目、そのすべてが、僕たちにあらゆる不快感や恐怖心を与えてくる。

僕たちの中にある人間の本能が、今すぐに逃げろと告げているようだった。

それほどまでに、悪魔は異質な存在だ。

その場にいる誰もが、恐怖のあまり言葉を失っていた。

あまりに突然のことに、僕も頭がついていかない。

「魔王じゃないんだったら、お前は何者(なにもん)だ⁉」

グレンツは無鉄砲にも悪魔に問いかけた。

「私は魔人(まじん)ムーア。この世界に最悪と災厄(さいやく)をもたらしにやってきた、魔王軍の一番槍。まだ魔界の扉は完全には開いていない……扉を完全に開き、魔王様がこちらの世界に通れるようにするのが私の役目。それまでせいぜい、私を楽しませてくださいよ？　魔王様がおいでになる前に滅びてしまっては、人間を滅ぼす楽しみを奪ってしまうことになるのでねぇ。クックック……」

「魔人……ムーア……」

魔人というのは、魔王が作り出した知能あるモンスターのことだ。

「では人類の精鋭諸君、私は『サンクタリ山』で儀式を行うので、これにて失礼。もし私を止めたいのであれば、足を運んでみるといいでしょう。私の作り出した可愛い部下たちが相手になりますよ。まあ、私を止めるなど不可能なことですがね。フォッフォフォ」

魔人ムーアはそう言うと、サンクタリ山のある方向へと消えていった。

サンクタリ山というのはこの大陸の中央に存在する、最も標高の高い山のことだ。

かつて魔王が復活したとき、魔王城が現れた場所でもある。

勇者と魔王の決戦の地だ。

「なんだったんだ、今のは……」

「魔人ムーア……恐ろしい姿をしていた……」

しばらくすると、ようやくみんな落ち着きを取り戻しはじめ、声を潜めて話しはじめた。

冷静になると、今起きた非現実的な出来事が、実感を増してくる。

もしかして僕たちは、思っているよりも大変な事態に直面しているんじゃないか……!?

まさか僕らの生きているうちに、魔王軍がまた攻めてくることになるなんて……

「やつは、魔人ムーアは、サンクタリ山に拠点を構えるようなことを言っていましたが……どうしましょう、ブレイン王……!」

パッキャローが、この場を取り仕切るブレイン王にそう問いかける。

パッキャローは正義感が強そうな男で、一刻も早く魔人を止めに行きたいと、うずうずしているみたいだった。

他の国王たちも、ブレイン王の解答を興味津々の様子で見守った。

「うーむ……本来であれば、今すぐにでも討伐したいところだが……だが、相手はただのモンスターではない。あの恐ろしい魔人だ。しかも、我々を挑発するかのように、自分の居場所までばらしている。作戦もなしに迂闊に攻め入ると、やつの言う通り、こちらがやられてしまうかもしれん。まずは冷静になって作戦を立てよう」

「わ、私もその点に関しては、ブレイン王に同意だわ～！」

アルカナ国王が同意すると、他の国王たちもうんうんと頷いた。

「それでは、式典はここで中止として、急遽ではあるが、魔人対策会議を開きたいと思う。異論のある者はいるか……？」

ブレイン王は会場にいたみんなを見回して問いかける。

もちろん、異を唱える者は誰一人いなかった。


急遽会議室が設けられ、ブレイン王の案内でそこに移動した。

会議に参加するのは、勇者機関のお偉いさんたち、それからエルムス教の教皇であるモノク三世、各国の国王、各国の勇者パーティだ。

ちょうど、式典があったことで、この世界の重要な人間がこの場にそろっていた。

ブレイン王は、まず教皇のモノク三世に話を聞きはじめた。

「教皇、今回の一件はいったいどういうことなのでしょう。あの魔人ムーアというのは、何者なんです？」

教皇率いる『神殿』は、過去の魔王や勇者の伝承や書籍を保管しており、この場の誰よりも魔王軍のことに詳しいはずだ。

モノク三世は答える。

「ムーアの言っていた通りです。やつはいわば、魔王軍の一番槍ですな。魔界の扉は、まだ完全には開ききっていない。つまり、魔界からこちらにやってこられるモンスターの数には、限りがあるのです。いきなり魔王が扉を通ることはできない。そこでまず魔人を送りこんできたと考えるべきでしょう」

「なるほど……では今のところ、すぐに魔王がやってくる可能性は低いわけですな？」

魔人と魔王とでは、その強さに雲泥(うんでい)の差がある。

魔王が復活ともなれば、いよいよ世界の終わりだ。

「ええ。ですが、魔人がこっちへやってきたからには、時間の問題でしょうな。魔人はこちらの世界で、扉を開くための儀式をするはずです。魔力を練り、扉をこじ開けるための機械を設置する。それがやつの本来の目的でしょう。こうしている間にも、魔王復活は刻一刻と迫っているはずです」

「ならば、今すぐにでも討伐隊を送る必要がありますな」

「やつはサンクタリ山に拠点を構えると言っていましたな。あの場所は最も天に近く、魔界の扉に働きかけるのに一番効率がよいのです。魔人はモンスターを生み出す能力も持っています。もうすでにサンクタリ山はモンスターの巣窟となっているでしょうな。そう簡単には山頂にたどり着けますまい……」

「だが、長期戦になれば魔王復活に近づいてしまう……厄介ですな……」

ブレイン王は頭を抱える。

「よし、この場で魔人ムーア討伐隊の結成を宣言する！　五人の勇者とそのパーティよ、どうか力を合わせて、魔人ムーアを討ち取ってほしい！」

ブレイン王の要請に、僕たち勇者は皆、頷いて応えた。

「任せてください！」

グレンツは自分が魔人ムーアを討ち取ると、自信満々だ。

「よし、我々も国としてできる限りの支援をしよう。何も勇者パーティだけに任せるというわけではない。各国の軍を総動員して兵士を派遣しよう。パーティごとにどのくらいの戦力が欲しいか言ってくれ。勇者を筆頭として五つの部隊を作り、それで攻め入る。他にも必要な物資があれば教えてほしい」

　軍を総動員か……思ったよりも大規模なことになってきたぞ……

　勇者が軍のリーダーになるみたいだけど、僕にそんなこと務まるのだろうか。

「俺は兵士なんかいらない。信用できるのはこの勇者パーティのメンバーだけだ。こいつらがいれば俺は十分だ」

　グレンツが、団結を呼びかけるブレイン王の発言に水を差すようなことを言い出した。

　いくら勇者パーティが優秀でも、さすがに軍の力も借りたほうがいいと思うんだけどな……

「おいおい、それはいくらなんでも相手を舐めすぎじゃないのか？　俺は兵士たちとも力を合わせたほうがいいと思うんだが？」

　そう反論したのはパッキャローだ。

　口を挟んまれたグレンツは、激しくにらみ返す。

「っは！　お前たちのような雑魚と一緒にしないでくれ」

「何ぃ……!?　勇者番付で二位だったからって、調子に乗るんじゃないぞ！　俺だって三位だったんだ！」

「ふん、俺が二位というのはまだ納得してない。本来であれば俺が一位だったのだ。魔人ムーアとやらのせいでうやむやになったがな……まだ決着はついてないぞ」

　あ、まだそれ言うんだ……

この人も厄介だなぁ……

「今はそんなこと言ってる場合じゃないだろ⁉　俺たち勇者パーティ、それぞれ国は別だが、こういうときこそ団結していかなきゃならねえ！　そうだろ？」

僕もパッキャローの意見に賛成だった。

「言っておくが、俺はお前ら他の勇者パーティとも馴れ合う気はない。俺は自分のパーティだけで魔人ムーアを倒す。お前たちがのんびりお仲間で仲良くやっている間に、俺が一番に倒してみせるさ。それで俺の強さを証明してやる。だからお前たちはせいぜい指を咥えて見ていろ」

「この……！　話がわからんやつだな……高慢ちきめ……」

さっそく仲間割れしそうなんだけど、大丈夫だろうか……

グレンツとパッキャローの言い争いをなだめるように、ブレイン王が言う。

「ま、まあまあ、二人とも冷静に。討伐の方法はそれぞれの勇者に任せよう。だが、この世界の命運は君たち勇者パーティにかかっている。それだけはくれぐれも忘れないでくれ。君たちには期待しているのだからな。それで……他の勇者で、何か意見のある者はいるか？」

ブレイン王に意見を求められたので、僕は手をあげた。

「お、アレンくん。何かな？　遠慮なく言ってくれ。君の意見ならなんでも聞き入れよう」

「僕は討伐隊に、エスタリア王国の兵士たちを使わせてほしいんです。特に、去年王都の兵舎を卒業したメンバーをそろえたい。新人兵士のラルドたちとは知り合いなので、彼らをぜひ討伐隊に加えたいです」

「そうか、それならお安い御用だ。ぜひ使ってやってくれ。アレンくんからの直々の指名とあらば、彼らも喜ぶだろう」

ラルドを含む、去年王都の兵舎を卒業した兵士たちは、僕が実際に共に汗を流した連中だ。

彼らのことはよく知っているし、一緒に戦うのなら力を借りたいと思った。

ラルドたちの剣には僕の付与もしてあるから、その実力も折り紙付きだ。

話に聞くと、ラルドたちはエリート兵士などと呼ばれ、立派にやっているそうだ。

一時的とはいえ、兵舎で教官をやった僕からすると、成長した彼らと一緒に戦場に向かうことができるのは、なんだか感慨深い。

「ありがとうございます。それから、ここにいる勇者パーティの皆さんにも、僕から提案があるんですけど、いいでしょうか……？」

僕は他国の勇者たちにも問いかけた。

「もちろん構わぬが、他の勇者たちはどうだ？」

「俺は別に構いません」

ブレイン王が確認すると、パッキャローが答えた。

グレンツは反感を示しながらも、僕に続きを促す。

「ふん、提案とはなんだ？　言ってみろ」

「それじゃあ……えーっと、まず、僕は付与術師なんですけど……」

僕がそう切り出すと、話の途中にもかかわらず、グレンツは鼻で笑って馬鹿にするような態度をとった。

「っは！　お前、勇者のくせに付与術師だって……!?　舐めているのか……？　そんなやつがいったい何を提言するというんだ。まったく、付与術師のくせにランキング一位なんて……やっぱりおかしいじゃないか……！　この俺が付与術師なんかに負けるわけないんだ……！」

また付与術師だって馬鹿にされた……

まったく、ナメップといいこの人といい、舐めているのはそっちじゃないか。

付与術師だというだけで僕のことを無能だと決めつけて、気分が悪い。

「えーっと、話を続けてもいいかな？」

「ふん、好きにしろ」

「じゃあ、続けるね。僕は付与術師なんだけど……まあ、いろいろな付与が使えるんだ。そこで、各国の勇者パーティの皆さんにも、僕の付与術をかけさせてもらえないかな？　そうすれば、全体的な力の底上げにもなると思うんだ」

もちろん各国の勇者パーティは、付与術なんかなくても強いだろう。

だけど相手は未知の存在、魔人ムーアだ。

僕は、できれば今回の戦いで誰にも死んでほしくないと思っている。

念には念を。

僕の付与術でステータスを底上げしておけば、勇者パーティなら無敵の存在になれる。

敵はあくまで魔人で、僕ら勇者同士で争っていても仕方ない。

勇者同士、国は違えど協力することが大切だと思う。

僕にできることといえば、この付与術くらいだ。

しかし僕の提案に、パッキャローが疑問を呈する。

「ちょっと待ってくれ。アレンが優秀な付与術師だってのはわかった……だけど、今付与をしても仕方ないだろう？　付与術をするのであれば、戦闘中にしないと意味がない」

それは当然の指摘だった。

普通であれば、付与術は時間制限のある一時的なものだ。ついつい自分が普通とは違うということを忘れそうになる。

「あ、それなんだけど、僕の付与術は永続仕様なんだ」

「永続仕様の付与術だって……!?　聞いたことがないな、そんなの……」

「まあ、百聞は一見に如かずとも言うし、とりあえず付与させてもらってもいいかな？　実際に見て、信用できるか判断してほしい」

「ああ、俺は構わないぜ。それが本当なら、頼もしい限りだ。永続的に付与してもらえれば、百人力だ！」

パッキャローは快く僕の提案を受け入れてくれた。

手始めに、僕は彼が率いるベッカム王国の勇者パーティのメンバーに、各種付与をしていく。

今回付与するのは、【攻撃力強化】などの各種ステータスアップ系、それから各種状態異常の耐性、炎属性などの各属性とその耐性の付与。あとは【自動回復付与（強）】や【魔法反射付与（強）】などだ。

ついでに【レベル付与】もして、ミネルヴァにも手伝ってもらって、彼らのレベルを上げておく。

これでベッカム王国の勇者パーティは、みんな最強のステータスになったはずだ。

「おお……！　すさまじい付与の数々だな……ステータスが何倍にもなったぞ……！　さすがは勇者番付一位なだけのことはあるな……いや、正直驚いたよ……俺たちとはまるで強さが違う……」

ベッカム王国の勇者パーティのみんなは、自分の身体に流れる膨大なパワーを感じながら、確かめるように両手を握っている。

「おい！　その付与術、俺たちにもやってくれ！」

サウロパ王国代表のカインもすぐに食いついた。

「もちろんだよ」

僕はサウロパ王国の勇者パーティにも一通りの付与を施す。

「すげぇ……！　これなら俺たちでも、あの魔人と戦える！　ありがとうアレンさん。あなたは最強の勇者だ！　この世界の救世主だよ！　正直、このままあの魔人と戦うのは、恐ろしかったたんだ……だけど、これなら……！」

「いや、僕はただ付与をしただけだよ。このくらい、お安い御用さ」

するとハリヌマ王国の代表勇者ポッケビも、遠慮がちに声をかけてきた。

「その……私たちにもいいかな？」

「ええ、もちろん」

僕はハリヌマ国王の勇者パーティにも付与をかける。

「素場らしい……！　自分の力が何倍にも膨れ上がった気がするよ……！　これなら我が国を守れそうだ」

どうやら付与のおかげでみんなのやる気も増したみたいだね。

さて、じゃあアルカナ王国の勇者パーティにも付与をしようか。

僕はグレンツに話しかける。

「グレンツさん、最後は君たちだ。付与術をかけさせてもらってもいいかな？」

だが、彼は僕の手を払いのけて、にらみつけてきた。

「ふん、誰がお前の付与なんぞ受けるか」

「え……？」

「付与をするとか言って、逆に何か罠をしかけられたらたまらんからな」

「そ、そんなこと……しないって……！」

「それに、永続仕様だとかというのも嘘としか思えない。だいたい俺たちは、そんな付与術なんかに頼らなくても端(はな)から最強だ。お前なんかの力を借りずとも、魔人の一体や二体くらい、すぐに倒してみせる！」

どうやらグレンツには何を言っても無駄なようだ……

グレンツの言葉に、アルカナ王国の国王も同意した。

「そうよそうよ！　うちのグレンツちゃんに何かしたら承知しないんだから！　グレンツちゃんはねぇ、そんなものなくても最強なのよ！」

「わ、わかりました……そこまで言うなら、付与はしません」

王様にまで言われてしまったら、大人しく引き下がるしかない。

グレンツの物言いを聞き、ミネルヴァが眉間にしわを寄せる。

「そんなふうに言うなんて、ひどい……！　アレンの付与術は最強なのに……！」

「まあまあ、仕方ないよ。ここはあきらめよう」

グレンツたちのことは心配だけど、彼らだって勇者パーティだし、大丈夫だろう。

それに、仮にも勇者番付でも二位の実力者だ。無策で言っているわけじゃないと思う。

本当に僕の付与なんかなくても、魔人を倒してしまえるほどの実力者なのかもしれない。

どうやら彼らのパーティにも付与術師はいるみたいだし、放っておいてもいいか。

「えーっと、じゃあ、僕からは以上です」

「よし、ではそれぞれの勇者パーティに分かれて、魔人討伐に向かってもらおう。異論のある者はないな？」

ブレイン王が最後にみんなに確認した。

「「「はい！」」」

皆、声を揃えて頷いた。問題はないようだ。

「では、解散！」

魔人ムーア討伐に向けて、僕たちは作戦を立てたり、兵站（へいたん）を備えたりと、それぞれに動き出した。

真っ先に部屋を出ていったのはグレンツのパーティだった。

僕は去り行くその背中を見て、どこか不安な気持ちに駆られた。

「ああは言っていたけど……本当に大丈夫かなぁ……？」

9　魔人ムーア

ということで、僕たちはそれぞれの国に分かれて、魔人ムーア討伐へと動き出した。

もちろん、お互いに協力はするけれど、実際に動くのは国ごとだ。

「船頭多くして船山に上る」という言葉もあるように、勇者が五人もいたらまとまらないからね。

特に、グレンツのような我が強いタイプがいると、完全な協力態勢は難しいだろう。

それに、これは国ごとの威信を懸けた戦いでもある。

もちろんあくまで目的は魔人ムーア討伐だから、協力はする。

けれど、最終的にどこの勇者パーティが討伐するかは、各国にとって大きな問題だ。

それぞれの国王は、自国の勇者パーティが討伐することを何よりも望んでいるだろう。世界の危機を救ったとなれば、今後の世界情勢で大きな影響力を得られるからだ。

勇者番付はあくまで、魔人や魔王のいない平和な時代に、勇者パーティの序列を決めるもの。

実際に魔人を討ち取ったとなれば、それは勇者番付以上の影響力を持つに違いない。

そんな理由もあって、僕としてもなんとかこの手で魔人ムーアを仕留めたい。そうすれば、エスタリア王国に多大な富をもたらすだろう。

ブレイン王も、僕たちには期待しているはずだ。

さて、これから魔人ムーア討伐に向かうわけだけど、いきなりサンクタリ山に向かうのは無謀である。

まず必要なのは、十分な戦力と兵站だ。物資を集めるところから始めよう。

「王様、僕に考えがあるんです。物資の調達は任せてくれませんか？」

「ああ、アレンくんの言うことなら間違いないだろう。もちろんだ。すべて君に任せる」

「ありがとうございます。しばらくしたら戻ってくるので、それまでに兵士たちを集めておいてもらえますか？」

「わかった。ラルドたちに伝えよう。おいハルカ、兵士たちを手配してくれ」

王様はハルカさんに命令を下した。

「はい、わかりました。早急に準備します」

ハルカさんはすぐに部屋を出ていって、仕事にとりかかった。

相変わらず仕事が速い。優秀な人だ。

「さて、私はこれから、国王として国民たちに会見を開かねばならん。しばらくアレンくんの手伝いはできないかもしれない。何かあったら娘のイリスかハルカに言ってくれ」

「会見ですか……？」

王様が国民の前に出て直接話をするのは、滅多にないことだ。それこそ、年に一度の建国記念日くらいのもの。

「そうだ。おそらくはなんらかの魔法による効果なのじゃろうが……どうやら魔人ムーアのあの姿と声は、王国全土に響き渡っていたらしくてな。そのせいで、街は今パニック状態なのだ。無理もない、突然あのような悪魔が目の前に現れたのだから。こういうときこそ、王である私が皆の前で毅然（きぜん）とした姿を見せて落ち着かせる、それが私の仕事だ」

「なるほど……さすがはブレイン王です。では、街の人々をまとめるのはお任せします。魔人の討伐は、この勇者アレンにお任せください」

「うむ。頼りにしておるよ。お互い健闘を祈る」

「ありがとうございます、では後ほど」

僕はブレイン王にはっきり宣言すると、王城を後にした。

「考えがあるって言うけど、具体的にはどうするの？」

後ろを歩くミネルヴァが聞いてくる。

「まずは、鍛冶工房に行こう」

「鍛冶工房……？　そういえば、前にあそこでお仕事してたよね」

「うん、そのときに知り合った人に力を借りられればと思ってね」

僕は鍛冶工房を目指して街を歩く。

街にはいつもの活気はなく、パニックになっていた。

田舎(いなか)に逃げようと荷物をまとめる人、この世の終わりだと言って泣き叫ぶ人、これが商機だとばかりに武器を売り出す人、恋人と愛を誓い合う人……みんなそれぞれに不安を形にしていた。

街の人たちのためにも、一刻も早く魔人を倒さないとな。

僕はアレクサンドロの鍛冶工房を訪ねた。

アレクサンドロはこの半年ほどのわずかな期間でSランクマイスターとなり、独立して自分の工房を持つまでになっていた。

「アレクサンドロはいるかい？」

「アレンさん……！　お久しぶりです……！」

アレクサンドロは僕を見つけると、作業の手を止めてすぐに駆け寄ってきた。

こうして会うのはいつぶりだろうか。

彼の活躍はハルカさんとかから聞いていたけど、すっかり立派になったなぁ。

はじめて会ったころのアレクサンドロは自信なさげな青年だったけど、今ではちゃんと親方という感じの風格がある。

なんだか知っている人の出世した姿を見るのは感慨深いなぁ。

「それで、アレンさん。忙しいのにわざわざどうしたんですか？」

「それが……アレクサンドロ、君の力を貸してほしいんだ」

「お、俺にですか……？　俺にできることなら、なんでも言ってください」

「ありがとう。アレクサンドロも、街で起こっている異変は知っているよね？　魔人ムーア……やつが魔界から現れて、今サンクタリ山に拠点を構えている」

魔人の名前を出すと、とたんにアレクサンドロの顔が不安そうになる。

「魔人……ですか。ええ、その件は知っています。俺も実際に見ていました。あれはおっかない……あの顔は、この世のものとは思えなかった……」

「そこで、魔人と戦うには、大量の武器が必要になるんだ。その武器の補給を君に頼みたい！」

「わ、わかりました……！　俺でよければ、なんとかします……！」

アレクサンドロは腕の良い鍛冶師だ。彼がならば信頼できる。

魔人との戦いは、下手すると長期戦になることも考えられる。

何しろ、魔人はモンスターを生み出すことができるらしいのだ。魔人ムーアはおそらくたくさんのモンスターを率いて向かってくるだろう。

武器の補給はいくらあってもいい。

「じゃあ、いざというときはアレクサンドロ、頼んだよ……！」

「えーっと、とりあえず今すぐ必要な武器はどのくらいですか？」

「え……今すぐ？　あくまで補給を頼もうと思っていたんだけど……」

「でも、魔人と戦うのに、兵士たちの武器を万全なものに新調したほうがいいですよね？」

「それはまあ、そうかもしれないけど……今すぐに武器を用意なんて、そんなことできるの……？」

僕自身は明日にでも魔人討伐に出発したいと思っている。武器を大量に用意するには、それなりに時間はかかるはずだけど……

しかしアレクサンドロは自信満々に答える。

「大丈夫です。今すぐに人数分用意します。それに、武器のストックは倉庫にもありますから。きっと間に合わせてみせます……！」

「本当……!?　それは頼もしいけど、無理はしないでね。ありがとう」

「任せてください……！　俺が最強の武器を用意して、必ず明日までにお届けしますから！」

するとアレクサンドロは部下の職人たちにすばやく指示を飛ばしはじめた。そして知り合いの鍛冶工房にも手伝ってもらうべく、伝令も出す。

それからアレクサンドロは一心不乱に自分のハンマーを叩きはじめた。

するとすぐに、一本目の武器が完成した。

「アレンさん……！　見てください、最初の武器が完成しました！　これは渾身の出来です！　これを、ぜひアレンさんに使ってもらいたい……！」

「すごい……！　もうできたの……!?」

それは、とてつもなく荘厳（そうごん）な見た目の剣だった。

「アレンさんのために、力を振り絞りました。これは特別な一品です。どうぞ」

アレクサンドロが差し出したその剣を受け取る。

名前　**伝説（でんせつ）の剣（けん）**
攻撃力　**２５００**

「ありがとう……！　これなら、僕でも魔人を倒せそうだ……！」

僕はさっそく、アレクサンドロが作った伝説の剣に【レベル付与】をする。

そして、【名称付与】も施しておく。

僕は剣に『聖剣（せいけん）グランアレン』と名付けた。

名前　聖剣グランアレン
レベル　1
攻撃力　4000（魔力＋800）

それから、ミネルヴァに【経験値付与】をしてもらう。

「ミネルヴァ、お願い」

「うん、【経験値付与】……！」

名前　聖剣グランアレン
レベル　100
攻撃力　4000000（魔力＋800000）

「おお……！　これぞ最強の剣だ……！」

途轍もない性能に、僕は思わず感嘆の声を漏らしていた。

この調子で、アレクサンドロにはたくさんの剣を作ってもらおう。

ついでにミネルヴァの武器も作ってもらった。

すぐに完成したその剣は洗練された意匠で、どこか高潔な雰囲気をまとっていた。僕はその剣を『聖剣ミネルヴァー』と名付ける。

名前　聖剣ミネルヴァー
レベル　100
攻撃力　350000（魔力＋100000）

「すごい……！　これが私だけの武器……！　ありがとう、アレン、アレクサンドロさん」

「お気に召したなら何よりです」

喜ぶミネルヴァを見て、アレクサンドロは満足げに頷いた。

彼に兵士の人数分の武器を依頼して、僕たちは鍛冶工房を後にした。


次にやってきたのは、ミラの薬屋だ。

ミラの薬屋は、僕が手伝ったあとかなりの大盛況になって、この街の薬の流通を取り仕切るようになった。彼女の店には多くの薬師や医師が出入りするようになり、今や巨大な医術ギルドにまで発展していた。

そしてミラは医術ギルドの若きギルド長だ。

まだ小さいのに頑張っていて、本当に偉いよ。

毎日たくさんの人をポーションで救っていると聞く。

僕たちの訪問に気づくと、ミラはすぐに駆け寄ってきてくれた。

「アレンさん、ミネルヴァさん……！　お久しぶりです！　どうしたんですか？」

「ミラ、久しぶり。今日はぜひミラに力を貸してもらいたくて来たんだ」

「私の力ですか？　私にできることなら、なんでも！　ぜひ恩返しがしたいです」

「ありがとう。魔人ムーアのことは知っているよね？」

その名前を聞き、ミラの表情がわずかに曇る。

「はい。恐ろしい顔と声でした……今から戦争が始まるんですか？　私、怖いのや痛いのは嫌いです……」

「うん。でも、戦いは避けられない。そこで、ミラには大量のポーションを用意してほしいんだ。もちろん代金は国から支払われる。僕たちは今から兵士を率いて魔人を倒しに行くんだけど、きっと結構な数の怪我人が出ると思う。だから、大量のポーションを用意しておきたいんだ」

できれば死人は出したくないからね。ポーションを大量に持っていくのは必須だろう。

僕がミラの医術ギルドを訪ねたのはそのためだ。

「わかりました……！　ご用意します……！」

「ありがとう！」

幸いなことに、ある程度の数は倉庫に在庫があるという。あとはいくつかポーションを追加で生産して、王城に届けてくれるそうだ。

こういうときに頼れる知り合いがいるって、いいね。本当に助かる。

最初は勇者の仕事だから始めたことだけど、そのおかげでたくさんの人と知り合えた。

そのおかげで、今こうしてスムーズに準備が進んでいる。

そのあと、僕たちはフォックスの錬金術工房にも寄った。

フォックスもすっかり出世していて、自分の工房を構えている。

「アレンさん！　ミネルヴァさん！　お久しぶりです！」

「実は、魔人ムーア討伐のことで、フォックスにも力を貸してほしいんだ。錬金アイテムをいくつか作ってもらえると助かるんだけど……」

「魔人ムーア……あの恐ろしい怪物と戦うんですか……わかりました、僕にできることなら、協力します……！」

「ありがとう……！」

フォックスからも大量の錬金アイテムを支援してもらう約束を取り付けた。

錬金アイテムは付与術だけじゃカバーできないような特殊な効果も付与できるから、いろいろと重宝する。

錬金アイテムを兵士たちに装備させれば、さらなる戦力アップとなるだろう。

特にフォックスにお願いしたのは『アイテムボックス』の供給だ。

アイテムボックスはSランクの錬金術師にしか作れない特殊な錬金アイテムで、体積や重量を気にせず、あらゆるものをその中に入れて持ち運べる、便利な道具だ。

大量の武器やポーションを運ぶのは大変だ。

しかもサンクタリ山を登っていくとなると、馬車は使えない。

このアイテムボックスがあれば、輸送に体力を使わなくて済むのでかなり便利になるのだ。

僕はフォックスにアイテムボックスの大量生産を依頼した。

それから、僕たちは老舗の大衆食堂『ねこのて食堂』へとやってきた。

ここは僕がいつも通っている馴染みの食堂で、味付けは豪快だけど、量がとにかく多くて満腹になるから気に入っている。

「こんにちは〜」

僕が顔を覗かせると、大将の威勢の良い声が返ってくる。

「おお……！　これはこれは、勇者さんじゃねえか！　いつもひいきにしてくれてありがとうな！今日もなんか食ってくかい？」

「大将。今日はお願いがあって来たんです」

「お願い……？　なんだ？　言ってみろ。勇者さんは常連だから、なんでも聞くぜ！」

「実は……魔人討伐に兵士を率いていくんですが、その際に大量に食料が必要なんです。兵糧というやつですね。早急に大量の食事を用意してもらいたいんですけど、お願いできますかね？」

突然の頼みに、大将は腕組みしながら唸ったが、最後は力強く頷いてくれた。

「うーん、勇者さんの頼みなら断れねえな。まあ、できるだけやってみるよ」

「ありがとうございます！」

この店には前に一度、勇者の仕事として来たことがある。

その際に、大将の料理道具にいろいろと付与をかけておいた。

そのおかげもあってか、今ではねこのて食堂は大盛況だ。

早い、安い、美味いの三拍子がそろっているのは、王都でもここだけだと話題だ。

さっそく大将は何やらお米を握りはじめた。

あっという間に完成したその料理を、大将が僕に差し出した。

見た目は、ただお米を握って丸めただけに見えるけど……

「どうよ！　これがうちの故郷に伝わる『握り飯』ってやつだ。試しに味見してくれ！」

「わかりました。握り飯……」

僕とミネルヴァは握り飯にかぶりつく。

すると、なんとお米の中から、炙った魚が出てきた。

中に具材が入っているのか……！　これは新しい……！

「うん……！　美味しいです……！」

「これなら片手でもすぐに食べられるし、何より作るのも簡単だ。兵糧にはこれがぴったりってわけよ！」

「なるほど……！　それは考えられていますね。さすがは大将だ、ありがとうございます！」

僕は大将に大量の握り飯の生産を依頼して、ねこのて食堂を後にした。

最後にやってきたのが、エルフの里だ。エルフの里までは早馬を走らせても四時間ほどかかるので、到着したのは夜明け前だった。

僕はエルフの長のウィンストンに話しかける。

「こんにちは、お久しぶりです」

「おお……！　これはこれは、勇者様。お久しぶりです。おかげ様で、あれからエルフの里はさらに発展しましたよ……あなたはまさにエルフの救世主だ」

到着するなり、ウィンストンに熱烈な歓迎をされた。

「今回は、エルフの皆さんにお願いがあって来たんです。ぜひ、皆さんの力をお借りしたい」

「そういうことでしたら、ぜひ協力いたしましょう。我々は皆、アレンさんと共にあります」

「ありがとうございます。魔人ムーア討伐のため、皆さんの魔法を頼りたいんです」

「魔法のことなら、我々エルフに任せてください！」

エルフたちには、魔法師団を派兵してもらうことになった。

王国の兵士たちは剣のプロフェッショナルだが、魔法には疎い。

僕が魔力耐性の付与をするにしても、やはり魔法が使えないと苦戦する場面も出てくるだろう。

そこで、後衛をエルフの皆さんにお願いすることにしたのだ。

エルフの魔力と魔法の知識は、人間のそれをはるかに凌駕する。

普段はあまり人間に力を貸してくれることのないエルフだけど、いつぞやの仕事が良い縁になった。

エルフたちには後方から攻撃魔法と、回復魔法での支援を行ってもらう。

少人数の戦いであれば、僕が兵士全員に付与をできるけど、今回みたいな大規模戦闘ともなると、やはり魔法戦力は必要だろう。

「だけど、人間の都合でエルフの皆さんを戦争に駆り出すようなことになって、申し訳ないです。くれぐれも、無茶はしないでください。エルフの皆さんはあくまで後衛で」

「いえいえ、我々もあの恐ろしい魔人の姿を見ました。これは世界にとっての一大事です。我々エルフも無関係ではありません。それにアレンさんには恩があります。精いっぱい頑張らせてもらいますよ」

「ありがとうございます」

ということで、エルフの協力も取り付けた。

あとはみんなでサンクタリ山に攻め入るだけだ。

◇

会議からまるまる二十四時間以上が経過して、僕たちは王城の裏庭に集まっていた。

僕とミネルヴァ、兵舎で一緒だったラルドたち兵士、それから後衛のエルフ魔術師団も到着している。

久しぶりに会ったラルドは、嬉しそうに僕のもとに駆けてきた。

「アレンさん、お久しぶりです。今回は僕たち王国軍を使ってくださって、ありがとうございます！　僕、めちゃくちゃ嬉しいです。アレンさんと一緒に戦える日が来るなんて！」

「僕も嬉しいよ。教え子たちと一緒に戦えるなんてね」

「僕はアレンさんのおかげで強くなれたんです。今では僕たち、立派な兵士になりました。その姿を、早くアレンさんに見せたいです」

「はは、楽しみにしているよ」

「はい！　頑張ります！」

それから、僕は兵士たちとエルフ魔術師団全員に、あらゆる付与術を施した。各国の勇者パーティに付与しておいたものと同じだ。

かなり魔力を消費したけど、幸い僕の魔力は無限だ。

しばらくして、鍛冶工房から無数の武器や防具が届き、兵士たちに配られた。

医術ギルドからはポーションが届いて、みんなはそれを錬金術工房からもらったアイテムボックスにしまい込む。

ねこのて食堂の握り飯も一緒だ。

「さて、これから僕たちはエスタリア王国の勇者パーティとして――いや、エスタリア王国魔人討伐軍として、サンクタリ山に攻め入る！　覚悟はできているか⁉」

少しばかり気合いを入れて僕が兵士たちにそう問うと、皆盛大に歓声を上げた。

「うおおおおおおおおおおおおおおおお‼　勇者アレン万歳！！！」

「よし！　僕たちで絶対に魔人ムーアを討伐するぞ！」

「はい‼」

◇

【Side：グレンツ】

俺は目の前にそびえ立つサンクタリ山を見上げて、魔人討伐の決意を新たにしていた。

俺の名前はグレンツ・モンロー。

誇り高きアルカナ王国の王国代表勇者だ。

魔王のいない時代、勇者なんてのは名ばかりのお飾りだと思っていたが、ついにこのときが来た。

魔人が現れ、俺が必要とされるときがやってきたのだ。

なんの間違いか、勇者番付ではアレンとかいうガキに煮え湯を飲まされたが、俺が先に魔人を倒せば問題ない。

なんとしても一番に魔人のもとにたどり着き、討伐するのだ。

そうすれば、勇者番付なんていうお遊びの評価なんかより、よほど名誉を得られる。

アルカナ王国にさらなる富をもたらすことができる。

そのためには、手段は選ばない。

あのアレンとかいうガキ……俺に付与術をかけるだのと抜かしやがったが、そんなの怪しいに決まっている。

他の王国の勇者どもは平和ボケした馬鹿ばっかりだな。

他の勇者なんてのは全部敵だ、ライバルだ。

常識的に考えて、勇者同士で協力し合うのなんてメリットがないし、ありえない。

むしろつぶし合うのが当然だ。

どいつもこいつも、魔王がいない期間が長すぎたせいで、脳内お花畑か？

だいたい、あのアレンとかいうガキ、絶対に何か仕組んでいるはず。

どさくさに紛(まぎ)れてデメリットのある付与術をかけたりしていても、俺たちにはわからないからな。

信用ならない。

俺は一番に魔人を討伐すべく、真っ先に王城を出てきた。

エスタリア王国に一緒に来ていた少数のアルカナ王国の兵士たちを引き連れて、サンクタリ山へと向かったのだ。

サンクタリ山はデコボコした山岳地帯だ。戦うのにも足場が不安定で、連携がとりにくい。

そういう場合は、大群で攻め入るよりも、少数精鋭のほうがいい。

というか、そもそもアルカナ王国の勇者パーティは最強だから、俺たちだけでも十分なんだけどな。


馬車に揺られて数時間、俺たちはサンクタリ山の麓(ふもと)までやってきた。

会議の後すぐに出発したが、到着は日をまたいで朝になった。

山の裾野に広がるサンクタリ平原には、すでにびっしりとモンスターの大軍が展開し、ひしめいている。

魔人は魔力を代償に、モンスターを生み出す能力を持つと聞く。

こいつらすべて、あの魔人ムーアが生み出したのか……だとしたらすさまじいな。

ふとサンクタリ山を見上げると、その山頂には、今まで存在しなかった禍々しいオーラが蠢(うごめ)いていた。

その中央には、何やら巨大な城のようなものがそびえたっているのが見える。

おそらくあれが、魔人ムーアが築いた簡易的な魔王城なのだろう。

魔人ムーアは今頃、あの城の中で魔王をこちら側へ呼び出すための儀式をしているのだ。同時に、無数のモンスターを生み出し、サンクタリ山を守らせている。

そう考えると、魔人ムーアの魔力量とその制御能力はすさまじい。
だがそんな魔人ムーアでさえも、俺の前では相手にならない。
見ていろ。すぐにモンスターたちの大軍を片付けて、貴様の首をとってやる。
俺たち勇者パーティ率いるアルカナ王国軍は、サンクタリ平原にて魔王軍と対峙する。
敵の軍勢はおよそ五万といったところか。
それに対して、こちらは五百ほどの兵士。
しかし俺たち勇者パーティの力をもってすれば、恐るるに足らず。
「よし、いくぞ、お前ら！　一斉にかかれ！」
「おおおおおお！　勇者グレンツ殿に続けえええええ‼」
俺の号令で、戦闘が開始した。
俺は剣を抜いて、モンスターの大軍に向かっていく。
「うおおおおお‼　【アルカナソード】‼」
——ズバババババ！！！！
俺は剣の一振りで、モンスターを一気に葬（ほうむ）り去（さ）る。
はっはっは！　さすがは俺の剣だ。
やはり最強の勇者たる俺にかかれば、この程度のモンスターなど相手にならない。
しかし、そのときだった。

「きゃあ……！」

「ん……………？」

後ろで聞こえたのは、パーティメンバーの一人、ララカの声だった。

ララカは背の低い女性の魔法使いだ。

ふと振り向くと、そこには一つ目の巨人がいた。

巨人は、ララカをまるで蟻のようにつまみ上げると、宙にぶらぶらさせて弄んでいる。

「な…………⁉　そんな、こんなやつ……どこから……⁉」

今まで、敵軍の中にこんな巨大なモンスターの姿はなかった。どこに隠れていたんだ……？

くそ、迂闊だった。

しかし、ララカほどの実力者が、こうも容易く捕まるなど……

「……貴様！　ララカを放せ！」

俺は巨人に斬りかかる。

しかし、俺の剣では巨人にまったく傷をつけることができなかった。

「な……⁉　そんな……！　俺の剣が、ありえない……！」

「ムオオオオオオオオ」

不快な唸り声を上げた巨人は、ララカをつまんだまま自分の口へと放り込む。

「やめろおおおおお‼」

「いやあああああああああああ！！！！」

俺とララカの絶叫が重なる。

――ムシャ、ムシャ、ゴクリ。

巨人はあっという間にララカを呑み込んでしまった。それは一瞬の出来事。

目の前で、大切な仲間の命が失われた。

俺には何もできなかった。無力そのものだった。

「くそおおおおおおお！！！！」

激しい後悔と怒りが俺を襲う。

なんということだ、まさかこれほどまでに強いモンスターがいたなんて。

その可能性を考えずに、俺は前衛職でありながら一人で突っ走り、後衛のララカを守ることができなかった。

もっと俺が慎重に動いていれば……

俺が目の前の雑魚敵に夢中になっていなければ……

俺がちゃんと後ろを警戒していれば……

防げたかもしれない。

俺はあまりにも迂闊だった。

後悔してももう遅いことはわかっている。

相手の実力を完全に見誤っていた。俺は慢心していた。今まで俺は負け知らずだった。こんなに強い敵が存在するなんて、知らなかった。

言い訳をしても無駄だ。すべては俺の無謀さが招いたことだった。

「てめえええええ‼」

俺は怒りに任せて剣を振り回した。

「ムオオオオオオオオオ……⁉」

渾身の一振りで、なんとか巨人を地面に沈める。

「許さねえ！　死ね！　死ね！　この野郎……！」

俺は怨嗟の言葉を浴びせながら巨人を滅多切りにする。ほどなくして、巨人は抵抗虚しく絶命した。

どうだ、見たか！　俺様にかかればこのくらい、こんなクソ巨人くらいどうってことないんだ。

ララカ、仇はとったからな……！

ふぅ……そういえば、他のメンバーは大丈夫か……？

目の前の巨人に夢中で、周りを見失っていた――ふと我に返って周りを見ると、なんと辺りは一面血の海と化していた。

「は………？」

しかも、その血はモンスターの血などではない。

すべて、仲間たちの血。勇者パーティの残りの面子、連れてきたアルカナ王国兵の血。

俺の周りには、さっき倒した巨人と同じモンスターが、数百体もうろうろと闊歩(かっぽ)していた。

そして巨人たちはそれぞれに、人間をひねり上げたり、喰らったり、踏みつぶしたりしている。

そこには地獄が広がっていた。

さっき死に物狂いでようやく巨人を一体倒せたというのに、そいつらがまだうじゃうじゃと、山の向こうから下りてくる。

「なん……だよ……これ……」

俺は絶望感に呑み込まれて、その場で剣を手放した。

◇

【Side：パッキャロー】

俺の名前は、グシャキャバ・パッキャロー。

ベッカム王国の代表勇者さ。

よく他国のやつからは変な名前だって言われるけど、ベッカム王国ではこれが割と普通なんだけどな。

ベッカム王国に生息する魚の名前が由来だ。

まあ、そんなことはどうでもいい。

俺は今、戦場に立っていた。

俺たち勇者パーティが率いるベッカム王国軍は今、サンクタリ山に向けて進軍している。

サンクタリ山にはあの恐ろしい魔人ムーアが巣を作っている。

エスタリアの王城で解散してから、俺たちは比較的早い段階で準備を整えた。

アレンたちは何やら念入りに準備をしていたようだが、俺はいてもたってもいられない性分だからな。一足先にサンクタリ山に向かったのだ。

そういえば、俺たちよりも先にグレンツたちアルカナ王国軍が攻め入っていたはずだけど、あいつらはどうなったかな。

まさかすでに魔人ムーアを討伐してしまったなんてことはないよな？

魔人ムーアを討伐するのはこの俺だ。

意気揚々とサンクタリ山の麓へやってきた俺だったが、考えが甘かった。

「なんだよ……これ……なんだよ！　これぇ……!?」

サンクタリ山へと続くサンクタリ草原、そこはかつての緑豊かな大地ではなく、真っ赤な血で染まっていた。

見渡す限りの死体、死体、死体。

肉塊(にくかい)がごちゃごちゃで、もはや人間の死体なのかモンスターの死体なのか、何がなんだかわからない。

とにかく、そこには地獄が広がっていた。

「くそ……グレンツめ……やられたのか……？」

あそこまで自信満々だったグレンツたちアルカナ王国の連中が、こうもあっさりやられてしまうなんて。

草原には、恐ろしい巨人のモンスターが何体も闊歩していた。

好き勝手に戦場をうろついていた巨人たちだったが、しかしそこで動きが変わった。遠くに街を発見し、そちらを目指して歩き始めたのだ。

「まずい……！　このままだと草原からあふれたモンスターが、人間の街へ……！」

すさまじい惨劇(さんげき)を目にして一瞬ひるんだ俺だったが、頭は冷静に働いた。

俺は腐っても勇者だ。三位だろうが、俺だって勇者だ。

ここで逃げ出すわけにはいかない。

グレンツたちのことは残念だが、その分俺たちが頑張らないと。この世界を魔人の手に渡すわけにはいかない。

「うおおおお！　全軍、剣を取れ！　魔物を退治するぞおおお!!」

「うおおおおおお!!」

そう、俺は魔人ムーアを討伐しに来たのだ。

このくらいで怯んではいられない。

俺は剣を抜いて、巨人たちに向かっていった。

「うおおおお!!」

半ば自棄になって、その巨体に斬りつける。

――ズバ……!!

「え………?」

今、信じられないことが起きた。

なんと、巨人を一撃で倒せてしまったのだ。

「は……?　え……?　待って、俺……強すぎないか……?」

そんなのはありえない話だろう。あの二位のグレンツたちがあっさりとやられてしまったであろう強敵に、俺がこんなにも楽に勝てるわけがないんだ。

しかしどういうことだろうか?

俺たち勇者パーティの攻撃は、すさまじいまでに威力を増している。

魔法使いのシーシャの攻撃魔法で、巨人たちが数体、一瞬で吹き飛んだ。

確かにシーシャは優秀だが、そこまでの威力の魔法は今まで見たことがない。

「なんだこれ……俺たちの身に、何が起きているんだ……!?」

そこで、俺はある可能性に思い当たった。

「付与術か……⁉」

そう、王城を出る前に勇者アレンからほどこされた付与術だ。

確かにすさまじい力が湧いてきたと思っていたが、まさかこれほどまでとは……

我ながら、自分のパワーにびっくりする。

「ムオオオオオオオオオ！！！！」

巨人の反撃により、味方の兵士たちがなぎ倒される。

そのまま巨大な拳がこちらに振り下ろされた。反射的に俺は巨人の攻撃を受け止める。

「うおおおお‼」

なんと俺は、素手で巨人の攻撃を受け止めることに成功していた。

「はは……！　すげえや……！　俺、最強かよ……！」

勇者アレンの付与術は、俺の攻撃力だけでなく防御力までも大幅にアップさせている。

「よし……！　これなら、いける！」

俺はさらに全軍を進撃させた。

「いけえええ！　突撃‼　サンクタリ山へと攻め入るのだあああ‼」

「うおおおお！！！！」

勇者アレン――その魔力はどれほどのものだろう、その付与術はどれほどの可能性を秘めているのか……

もしかして、俺は今、とんでもないものを目の当たりにしているのかもしれない。

魔人ムーアなんかより、よっぽど恐ろしいんじゃないか……？

◇

魔人討伐軍を率いた僕——アレンがサンクタリ山にたどり着くと、そこはすでに戦場と化していた。

草原全体を見渡せる高台には、前線基地が設けられている。

基地に向かうと、そこには負傷したパッキャローが座り込んでいた。

サウロパ王国のカインとハリヌマ国王のポッケビもいる。

「パッキャローさん、戦況はどうですか……？」

「ああ、アレンか。それが……聞いてくれ。最初はアレンの付与術もあって、俺たちが優勢だったんだ。あんたの付与術は素晴らしいよ……最強だ。だけど、とたんに相手が強くなったんだ。しかも数もすさまじい」

「そうなんですか……」

おそらく、魔人ムーアの儀式が進んだことによって、相手も魔力を増しているのだろう。

魔界の扉が開くにつれ、魔人ムーアが利用できる魔力の量も増えるはずだ。

「もちろん、個々のステータス的にはこっちのほうが勝(まさ)っているだろう。だが、相手の物量がすさまじい。モンスターを倒しても倒しても、山の上からどんどん湧いてきやがる。それで次第にこっちが押される形になって、膠着状態(こうちゃくじょうたい)さ。こっちもそれほど補給物資を用意してないから、ポーションも切れちまってよ……」

「わかりました。あとは僕たちに任せてください」

「といっても、何か策があるのか……？　確かにアレンの付与術はすごい。ステータスだけなら最強だろう。だけど、これは個の戦いじゃない。いくら個の力が強くても、相手の物量を上回ることができなかったら、ジリ貧だぞ」

「策はあります。僕が念入りに準備した、最強の仲間たちがいますから……！」

そう、僕にはエスタリア王国で得た仲間がいる！

僕は後ろに控える仲間たちを振り返った。

そして合図を送る。

「よし！　みんな！　全軍進撃するんだ！　サンクタリ山への道を切り開け！」

「うおおおおお！　アレンさんに続け!!」

ラルドを筆頭に、兵士たちがモンスターの大軍に攻めかかる。

みんな僕の付与術で強化してあるし、アレクサンドロによる最強装備で固めてある。

兵士たちは次々とモンスターを打ち倒していく。

敵の数は目に見えて減っているのがわかる。

「すごい……！　あれほど手に負えなかったモンスターの大軍が……もうここまで減っている……！」

高台から一緒に見ていたパッキャローが感嘆の声を漏らす。

サンクタリ山へ向けて進む兵士たちはモンスターの大軍を蹴散らし、海が割れるかのようにして道ができていく。

その中でも、ラルドはまさに一騎当千（いっきとうせん）の、すさまじい活躍を見せていた。

何人か負傷する者もあったが、怪我人はすぐに下がって、ポーションを補給する。

後ろからはエルフ魔術師団が魔法で支援を送る。

兵士たちはあっという間に、サンクタリ山の入り口へと到達した。

パッキャローが呟く。

「すごい……！　これならなんとかなりそうだ……！」

さて、サンクタリ山までの道が開いたから、そろそろ僕も行くとするか。

「行こう、ミネルヴァ」

「うん、アレン。魔人ムーアなんか、とっとと蹴散らしちゃって！」

僕とミネルヴァは兵士たちが作ってくれた道を走り、サンクタリ山までたどり着く。

そこには大きな洞窟が口を開けていて、内部はダンジョンになっていた。

僕、ミネルヴァ、ラルドの三人でダンジョンの中に入り、進んでいく。

外の敵は他の兵士たちに任せておこう。

モンスターたちはダンジョンの中からだけじゃなく、山頂から直接下りてきてもいる。

外に出てくるモンスターはまさにきりがない。やつらが街を襲わないように、兵士たちで戦線を維持してもらう。

ダンジョンの中は狭く入り組んでいて、とてもじゃないが全軍で入ることはできない。

ここからは少数精鋭で突破するしかない。

狭いといってもモンスターはぎっしり詰まっていて、それらを蹴散らして、まるで穴を掘るように進んでいく。

「どうですか、僕の剣技！　見てください、アレンさん！」

「すごいよ、ラルド。君がいれば、百人力だね」

ラルドが先頭を行ってくれるおかげで、モンスターはほぼ瞬殺だ。

僕とミネルヴァも魔法で応戦する。

しばらくダンジョンの中をさまよった僕たちは、数時間してようやく外に出た。

ダンジョンを抜けるとそこは山頂で、その先には禍々しい雰囲気の城がそびえ立っていた。あちこちにおぞましい悪魔や魔物の彫刻がほどこされ、城壁は茨でびっしり覆われている。

そしてその城のさらに向こうには、宙に浮いた巨大な扉と、歯車のようなものが見える。

あれがおそらく魔王をこちらへ呼び込むための装置なのだろう。

城へ入ると、さきほどとは一転、モンスターの姿はなかった。

まるで僕たちを招き入れているかのようだ。

そのまま奥へと進み、最後の部屋へ入ると、そこには魔人ムーアの姿があった。

顔は相変わらず恐ろしいままだが、サイズだけが人間と変わらないくらいに小さくなっていた。

巨大な姿は威圧のためなのか、普段はこのサイズでいるようだ。

部屋の最奥で、魔人ムーアは先ほどの装置へと魔力を送っている。

僕たちが部屋に入ってきたことに気が付くと、魔人ムーアはゆっくりと振り向いた。

「おや……？　あれだけのモンスターの軍勢を抜けてくるとは……人間の勇者もなかなかやるではないか。しかし、それもここまでだ。この部屋にたどり着いた褒美として、この魔人ムーアが直接屠（ほふ）ってやろう……！」

魔人ムーアの指先から、強烈な魔法の光線が放たれる。

――ビビビビ!!

闇の魔力の光線が一直線に僕へと迫る。

光線は僕の体に命中――

「アレン――!?」

「ミネルヴァ、大丈夫だ」

その直後、反射してそのまま魔人ムーアへと跳ね返った。

「ぎゃああああああああああああああ！！！　な、何……!?　私の魔法が跳ね返されただと……!?」

光線に身体を焼かれた魔人ムーアが苦悶の声を上げた。

「ああ、僕……魔法反射を付与してあるから、魔法は効かないよ」

「ふん、なかなかやるな。では、これならどうだ……!?」

魔人ムーアが指を鳴らすと、僕の頭上に巨大なハンマーが出現する。

魔法がダメなら単純な物理攻撃で圧殺しようという魂胆だろう。

やつがもう一度指を鳴らすと、大質量のハンマーが僕に向かって落下してきた。

「ふははははは！　つぶれてしまえ、虫けらめ！」

「効かないよ」

「何……!?」

ハンマーが僕にぶつかると、ドスンと鈍い音が響いた。

しかし、砕け散ったのは僕ではなく——むしろハンマーのほうだ。

「物理攻撃でも、僕には無駄だよ。僕の防御力のステータスには、こんなの効くわけないよね」

「ど、どういうことだ……!?　人間でこれほどのステータス……!?　あ、ありえない……!!」

【鑑定（かんてい）】スキルでも使ったのだろうか、魔人ムーアが驚き、そして慄いている。

僕はラルドとミネルヴァを後ろに下がらせて、前に出る。

「二人とも、大丈夫だ。ここからは僕一人でやろう。魔人ムーアと一騎討ち（いっきうち）だ」

「アレン……」

僕はゆっくりと魔人ムーアに近づく。

「確かに、いくらステータスを上げても、集団対集団であれば、物量で押しつぶせるだろう。けどね、個人の戦いだったら？　一対一なら、単純にステータスの高いほうが勝つ。簡単な話だよ。魔人でも、それくらいはわかるだろう……？　だから、ここに入ってきた時点で僕の勝ちは決まっている。モンスターの軍勢を抜けてここに入られた時点で、お前の負けは決まっているんだよ、魔人ムーア！」

「ひぃ……!?　ど、どうなっている……！　ただの人間が、ここまでのステータスに至れるはずがない……！　ありえない！　こんなのでたらめだ！　これじゃあ、魔王様よりもステータスが高いじゃないかあああああ！！！？」

僕のステータスを目の当たりにして、魔人ムーアは戦意を失いつつあった。恐れ慄き、冷や汗を流して震えている。

圧倒的強者を目の前にして、獲物はただ狩られるのを待つのみだ。

「すべては僕の最強の付与術、それのおかげだよ――！」

「なんだと……⁉　付与術だと……⁉　ますますありえない……！　ただの付与術師に、できていい芸当じゃないだろう……⁉」

僕は大きく手を振り上げる。

「ただの付与術師なら、そうかもね。だけどあいにく、僕の付与術は特別仕様なんだ」

僕はじりじりと魔人ムーアに向かって距離を詰めていく。

やつは後ずさることしかできない。

「ひぃ……⁉　く、来るなあああああ！　くそ、食らえ！　沈黙！　麻痺！　睡眠んんんんん‼」

魔人ムーアは次々に、状態異常攻撃を繰り出してくる。

しかし、そんなものが僕に効くはずがないだろう。

僕はあらゆる状態異常の耐性を付与しているのだから。

「効かない！」

「くそ……！【ポイズン】！【ポイズン】！　死ねええええ！　くそ、なんで効かない！」

「じゃあ、これでトドメだ。食らえ、炎属性最強魔法――【火炎烈火（フレア・フレイム）】――‼」

僕が唱えると、かざした手のひらから巨大な火球が放たれる。

――ゴオオオオ！！！！

避ける間もなく、灼熱（しゃくねつ）の炎が魔人ムーアを呑み込んだ。

「ぎゃあああああああああああ！！！！」

魔人の全身を業火が襲い、瞬く間に焼き尽くす！

魔人は黒焦げになって、最期には跡形もなく消え去った。

「ふぅ……なんとか倒せたね……」

僕は汗を拭う。

すると、ミネルヴァが駆け寄ってきた。

「やった……！　すごい！　さすが私のアレンだね！　魔人を倒しちゃった！」

感極まったラルドまで僕に抱きついてくる。

「すごいですアレンさん！　さすが僕の師匠です……！　世界最強です！」

あの……抱きつかれるならミネルヴァのほうがよかったんだけどな……。

「じゃあ、あとはこのわけのわからない機械を壊せば終了だね……」

僕は、魔人ムーアが儀式に使っていた巨大な装置に手のひらを向けた。

そしてもう一度、魔法を放つ。

「【火炎烈火】――!!」

ゴォオオオオオオオオ！！！！

あとは魔王城にも火が回って、全部灰になるだろう。

これにて一件落着。

僕らはサンクタリ山を後にした。

◇

エスタリア王都の王城に帰ると、集まっていたみんなからすさまじい拍手で迎えられた。

ブレイン王が直々に感謝の言葉を述べる。

「いやぁ、アレンくん、今回も素晴らしい活躍だったよ。さすがは私の見込んだ男。この国が誇る勇者だ。アレンくんならきっと魔人ムーアを討伐してくれると信じていた！　ありがとう。この国の王として礼を言うよ」

「いや、僕だけの力じゃありません。お膳立てをしてくれた、この国のみんなのおかげでもあります。彼らの貢献がなければ、こうはなりませんでしたよ」

「そうだな、彼らにも盛大に褒美をつかわそう。だがまずはアレンくん、君に一番の感謝を伝えたい。おかげで我がエスタリア王国はあと数百年は安泰じゃ……！　アルカナ王国の王には手を焼いていたのだが、今回の件で少しは懲りただろう。今後は私のやることに口出しできぬだろうな。エスタリア王国の国力はさらに増すこと間違いなしだ！」

そういえば、アルカナ王国の勇者グレンツはパーティともども行方不明らしい。死体も見つかっていないそうだ。

彼は一番に討伐に向かった勇敢な勇者だった。

グレンツたちアルカナ王国軍がほぼ全滅した結果、アルカナ王国の軍事力は半滅したも同然らしい。

アルカナ国王は憤慨して出ていってしまった。

それから、教皇や勇者機関のお偉いさんたちにも盛大にお礼を言われた。

また改めて、僕やエスタリア王国の兵士たちには褒美が与えられるようだ。

「アレン様〜!!」

「わ………!?」

突然出てきたイリスさんが僕に抱きついてくる。

「素晴らしいですわ！　アレン様！　さすがは私のアレン様！」

「いや。僕、イリスさんのものになったつもりはないんですけど……」

それでもイリスさんは僕をぎゅっと抱きしめて放さない。

ブレイン王もブレイン王で、またわけのわからないことを言っている。

「ほっほっほ、本当にイリスを貰うつもりはないか？　アレンくんよ。今なら王位もつけるぞ？」

「いや、いりませんよ……だって、僕にはミネルヴァがいますから」

僕はイリスさんの手を振りほどくと、ミネルヴァにハグをした。

それを受けて、ミネルヴァはぽっと頬を赤く染める。

僕にとって一番大事なのは、未来永劫ミネルヴァだけだ。

「ほっほっほ、そうじゃったな。なら、ミネルヴァくんとアレンくんの結婚式を行う必要があるな？　予定はあるのかな？」

「そういえば、まだですけど……」

ミネルヴァとはこの一年、ずっと式をあげたいと話していた。

けど、どうせあげるなら、盛大に、最高の式にしたい。

そう思ってお金を貯めて、計画を後回しにしていた。

「どうかな？　この機会に、勇者アレンの結婚式を、国をあげて行うというのは？」

「えぇ……!?　い、いいんですか!?　そんなの……」

「当然だ！　アレンくんは勇者で、この国……いや、世界の救世主でもあるからな！　今回の褒美もかねて、国の予算を大々的につぎ込んで、世界一派手な最高の結婚式を執り行おうじゃないか！エスタリア国王の名のもとにな！」

「そ、それは……ありがとうございます。嬉しいです。とてもありがたいお話で……」

「では、今からさっそく予算を組んで、計画を詰めよう」

「えぇ……!?　い、今からですか……!?」

相変わらず、豪快な王様だ。

「それは素敵です！　私も協力しますわ、お父様！」

イリスさんまでノリノリだ。

「僕だって、師匠のために何かさせてください！」

ラルドは余興でもやるつもりなのか、変な踊りを始めた。

「俺にも何かさせてくれ。ベッカム王国からもたくさん招待客を呼ぼう。うちの名産品も持ってくるぜ！」

パッキャローもそう言ってニヤリと笑う。祝ってくれるのは嬉しいけど……

「うちもうちも！」

「俺も俺も！」

他の国の勇者や王様、それからエルフの皆さんまで、今回お世話になった人たちが一斉に手をあげだした。

「我々エルフはエルフ酒をふるまおう」

エルフの長がそう言うと、フォックスも負けじと提案する。

「宝石や装飾品なら俺に任せてください！」

「食事なら、俺が大量に用意してやる！」

ねこのて食堂の大将まで乗ってきた。

「わ、私もお花とか用意できます！」

ミラもぴょんぴょん飛び跳ねてアピールしている。

「じゃあ、記念の盾は俺に作らせてください！」

アレクサンドロも腕まくりして、やる気を見せている。

みんな、僕らの結婚を祝おうとしてくれている。

なんか、すごく温かいな……

かつて、役立たずでいらないと追放された僕みたいな存在が、今ではこんなに多くの人に囲まれている。

それって、とても幸せなことだ。まるで、奇跡みたいな出来事がいくつも起こった。

「みんな……本当にありがとう……！」

感慨に浸っていると、ハルカさんが僕の背中を軽く押した。

そして僕とミネルヴァを部屋から追い出そうとする。

「ささ、そうと決まれば、新郎新婦は式までゆっくりしていてください。お二人にはサプライズでいろいろすることがあるんですから！」

「ええ……!?　ハルカさん……!?」

サプライズって、いったい何をするつもりなんだ……!?

「あとは私たちに任せて、お二人はゆっくりと温泉旅行にでも行ってきてくださいな」

「わ、わかりました……けど、本当に大丈夫なんですかぁ……？」

「このハルカにお任せください！」

まあ、ハルカさんなら優秀だし、大丈夫だろう。

きっと素敵な式になるはずだ。

誰も見たことないような、とびきりの結婚式だ。

ミネルヴァと僕はお互いに見つめ合って……なんだかおかしくて笑ってしまう。

「ふふ……なんかおかしいね。私たちの結婚式なのに、みんなのほうが真剣で」

「だね……僕たち、愛されてるね……」

「全部、アレンのおかげだよ。ここまで、アレンが連れてきてくれたんだから」

ミネルヴァは僕の手をそっと握る。

「違うよ……ミネルヴァのおかげだ。僕はミネルヴァと出会えなければ、今頃……」

「アレン……私たち、ずっと一緒にいようね？」

「もちろんだ。ずっと一緒。大好きだよ、ミネルヴァ」

「私も、大好き。アレン……」

僕たちは誰にも見られないように、そっと幸せなキスをした。

きっと結婚式は今よりも幸せな気分でいっぱいになるだろう。

HIROAKI NAGASHIMA
永島ひろあき
さようなら竜生、こんにちは人生
GOOD BYE, DRAGON LIFE
1~24
シリーズ累計
100万部!
(電子含む)
ネットで話題!
2024年
TVアニメ化
決定!
コミックス
1～12巻
好評発売中!

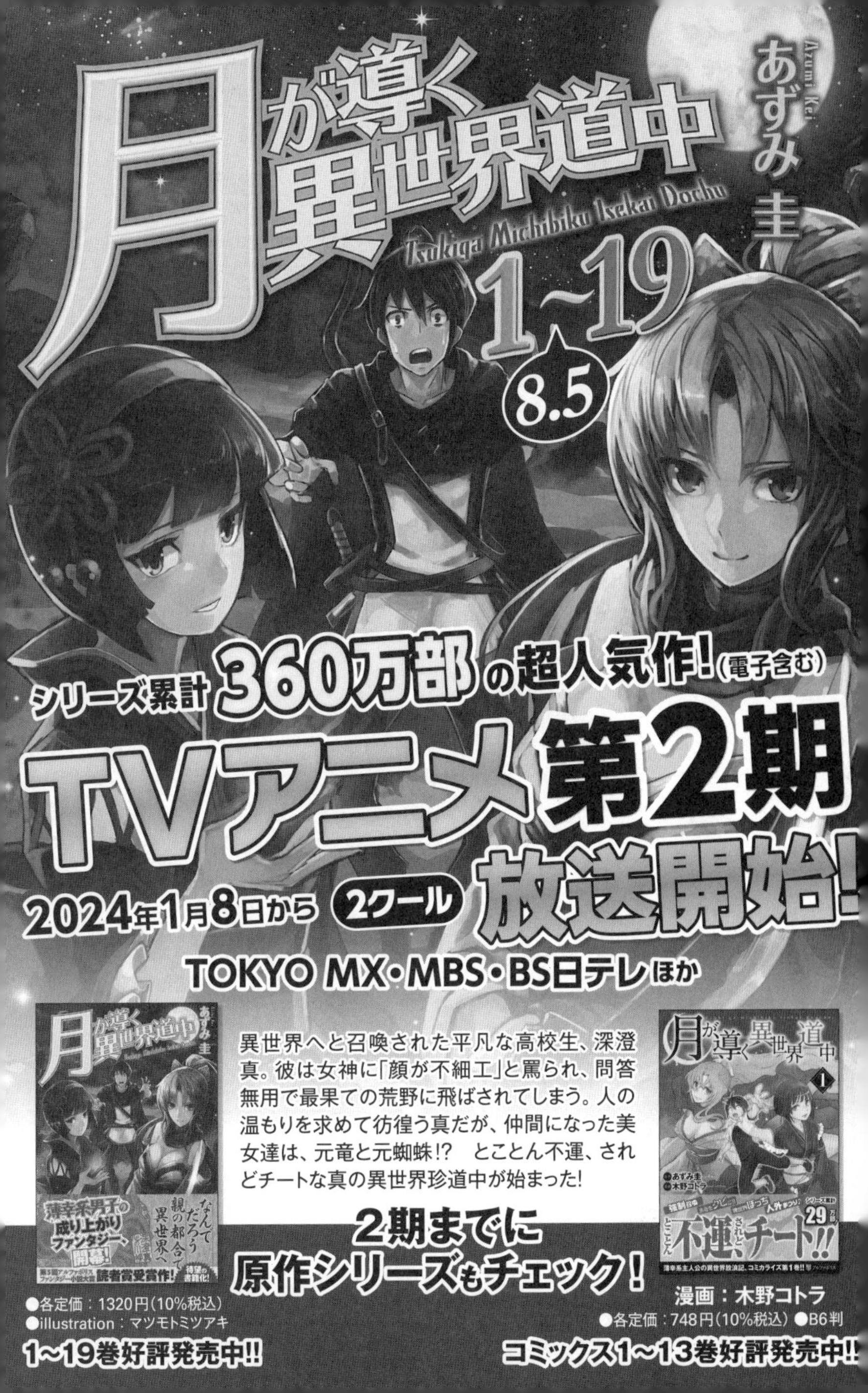

月が導く異世界道中

Tsukiga Michibiku Isekai Dochu

あずみ圭

Azumi Kei

1～19

8.5

シリーズ累計360万部の超人気作！（電子含む）

TVアニメ第2期

2024年1月8日から 2クール 放送開始！

TOKYO MX・MBS・BS日テレほか

異世界へと召喚された平凡な高校生、深澄真。彼は女神に「顔が不細工」と罵られ、問答無用で最果ての荒野に飛ばされてしまう。人の温もりを求めて彷徨う真だが、仲間になった美女達は、元竜と元蜘蛛!?　とことん不運、されどチートな真の異世界珍道中が始まった!

2期までに原作シリーズもチェック！

●各定価：1320円（10%税込）
●illustration：マツモトミツアキ

1～19巻好評発売中!!

漫画：木野コトラ

●各定価：748円（10%税込）●B6判

コミックス1～13巻好評発売中!!

◉各定価：1320円（10%税込）◉Illustration：やまかわ　◉漫画：みずなともみ　B6判 ◉各定価：748円（10%税込）

父の亡き後、貧乏貴族ダーヴィッツ家の当主となった三男のフローラル。彼が窮状を脱するために考えたのは、貯めてきたお小遣いと、得意な回復魔法を使ったお粗末な金策一つのみ。箱入り息子の考案した金策なんて上手くいくはずもなく……と思いきや、治療した少女達が超優秀で、期待以上の大成功!?　仲間もお金も増えたフローラルは、次々と新たな金策に取り組み始める——夢は大きく、不労所得でウハウハ生活!

◉定価：1320円（10%税込）　◉ISBN 978-4-434-33598-3　◉illustration：つなかわ

偽聖女は
もふもふちびっこ獣人を
守るママ聖女となる
Niseseijo ha mofumofu chibikko jujin
wo mamoru mamaseijo to naru
著 k-ing
キング
異世界で
もふかわな
家族ができました。
聖女召喚に巻き込まれてしまったお人好しな一般人、マミ。偽物の聖女と疑われ、元の世界に帰る方法もない。せめて生活のために職が欲しいと叫んだ彼女に押し付けられた仕事は、ボロボロの孤児院の管理だった。孤児院で暮らすやせ細った幼い獣人達を見て、マミは彼らを守り育てていこうと決意する。イケメン護衛騎士と同居したり、突然回復属性の魔法を覚醒させたりと、様々なハプニングに見舞われながらも、マミは子ども達と心を通わせていき——もふもふで可愛いちびっこ獣人達と送る、異世界ほっこりスローライフ!
●定価:1320円(10%税込)　●ISBN:978-4-434-33597-6　●Illustration:緋いろ
偽聖女は
もふもふちびっこ獣人を
守るママ聖女となる
k-ing
キング
異世界で
もふかわな
家族ができました。
はずれ聖女ですが、知識チートでスローライフを満喫します!

無名の三流テイマーは王都のはずれで
のんびり暮らす
～でも、国家の要職に就く弟子たちがなぜか頼ってきます～
鈴木竜一
Ryuuichi Suzuki
弟子と従魔に囲まれて
自由気ままなテイマー生活!
冒険者としては三流でも、師匠としては超一流!?
アルファポリス

ファンタジーは知らないけれど、何やら規格外みたいです

Fantasy ha shiranai keredo, naniyara kikakugai mitaidesu

神から貰ったお詫びギフトは、無限に進化するチートスキルでした

見るもの全てが新しい!?

未知から始まる異世界暮らし!!

渡琉兎
Ryuto Watari

神様の手違いで命を落とした、会社員の佐鳥冬夜。十歳の少年・トーヤとして異世界に転生させてもらったものの、ファンタジーに関する知識は、ほぼゼロ。転生早々、先行き不安なトーヤだったが、幸運にも腕利き冒険者パーティに拾われ、活気あふれる街・ラクセーナに辿り着いた。その街で過ごすうちに、神様から授かったお詫びギフトが無限に進化する規格外スキルだと判明する。悪徳詐欺師のたくらみを暴いたり、秘密の洞窟を見つけたり、気づけばトーヤは無自覚チートで大活躍!? ファンタジーを知らない少年の新感覚・異世界ライフ!

●定価:1320円(10%税込)　●ISBN:978-4-434-33475-7　●Illustration:たく

アルファポリスで作家生活!

「投稿インセンティブ」で報酬をゲット!

「投稿インセンティブ」とは、あなたのオリジナル小説・漫画をアルファポリスに投稿して報酬を得られる制度です。
投稿作品の人気度などに応じて得られる「スコア」が一定以上貯まれば、インセンティブ=報酬(各種商品ギフトコードや現金)がゲットできます!

さらに、人気が出ればアルファポリスで出版デビューも!

あなたがエントリーした投稿作品や登録作品の人気が集まれば、出版デビューのチャンスも! 毎月開催されるWebコンテンツ大賞に応募したり、一定ポイントを集めて出版申請したりなど、さまざまな企画を利用して、是非書籍化にチャレンジしてください!

まずはアクセス! アルファポリス 検索

アルファポリスからデビューした作家たち

ファンタジー

『ゲート』
柳内たくみ

『月が導く異世界道中』
あずみ圭

『最後にひとつだけお願いしてもよろしいでしょうか』
鳳ナナ

恋愛

『君が好きだから』
井上美珠

ホラー・ミステリー

『THE QUIZ』『THE CHAT』
椙本孝思

一般文芸

『居酒屋ぼったくり』
秋川滝美

歴史・時代

『谷中の用心棒 萩尾大楽』
筑前助広

児童書

『虹色ほたる』『からくり夢時計』
川口雅幸

えほん

『メロンパンツ』
しぶやこうき

ビジネス

『端楽(はたらく)』
大來尚順

この作品に対する皆様のご意見・ご感想をお待ちしております。
おハガキ・お手紙は以下の宛先にお送りください。

【宛先】
〒150-6019 東京都渋谷区恵比寿 4-20-3 恵比寿ｶﾞｰﾃﾞﾝﾌﾟﾚｲｽﾀﾜｰ 19F
（株）アルファポリス　書籍感想係

メールフォームでのご意見・ご感想は右のＱＲコードから、
あるいは以下のワードで検索をかけてください。

アルファポリス　書籍の感想

ご感想はこちらから

本書はWebサイト「アルファポリス」（https://www.alphapolis.co.jp/）に投稿されたものを、改題、改稿、加筆のうえ、書籍化したものです。

最強付与術師の成長革命 2
追放元パーティから魔力回収して自由に暮らします。え、勇者降ろされた？　知らんがな

月ノみんと（つきのみんと）

2024年 3月 31日初版発行

編集－仙波邦彦・宮坂剛
編集長－太田鉄平
発行者－梶本雄介
発行所－株式会社アルファポリス
〒150-6019 東京都渋谷区恵比寿4-20-3 恵比寿ｶﾞｰﾃﾞﾝﾌﾟﾚｲｽﾀﾜｰ19F
TEL 03-6277-1601（営業）　03-6277-1602（編集）
URL https://www.alphapolis.co.jp/
発売元－株式会社星雲社（共同出版社・流通責任出版社）
〒112-0005東京都文京区水道1-3-30
TEL 03-3868-3275
装丁・本文イラスト－しの
装丁デザイン－AFTERGLOW
印刷－図書印刷株式会社

価格はカバーに表示されてあります。
落丁乱丁の場合はアルファポリスまでご連絡ください。
送料は小社負担でお取り替えします。

ISBN978-4-434-33604-1　C0093